JOHANN WOLF

DIE LEIDEN
DES JUNGEN WERTHERS

MIT EINEM NACHWORT VON
ERNST BEUTLER

PHILIPP RECLAM JUN. STUTTGART

Erläuterungen und Dokumente zu Goethes »Die Leiden des jungen Werthers« liegen unter Nr. 8113 [2] in Reclams Universal-Bibliothek vor

Universal-Bibliothek Nr. 67 [2]
Alle Rechte vorbehalten. © 1948 Philipp Reclam jun., Stuttgart
Satz: Theodor Körner, Stuttgart
Druck und Bindung: Reclam, Ditzingen
Printed in Germany 1982
ISBN 3-15-000067-X

Was ich von der Geschichte des armen Werther nur habe auffinden können, habe ich mit Fleiß gesammelt, und lege es euch hier vor und weiß, daß ihr mir's danken werdet. Ihr könnt seinem Geiste und seinem Charakter eure Bewunderung und Liebe, seinem Schicksale eure Tränen nicht versagen.

Und du gute Seele, die du eben den Drang fühlst wie er, schöpfe Trost aus seinem Leiden, und laß das Büchlein deinen Freund sein, wenn du aus Geschick oder eigener Schuld keinen nähern finden kannst.

ERSTES BUCH

Wie froh bin ich, daß ich weg bin! Bester Freund,
was ist das Herz des Menschen! Dich zu verlassen, den
ich so liebe, von dem ich unzertrennlich war, und froh
zu sein! Ich weiß, Du verzeihst mir's. Waren nicht
meine übrigen Verbindungen recht ausgesucht vom
Schicksal, um ein Herz wie das meine zu ängstigen?
Die arme Leonore! Und doch war ich unschuldig.
Konnt' ich dafür, daß, während die eigensinnigen
Reize ihrer Schwester mir eine angenehme Unterhaltung verschafften, daß eine Leidenschaft in dem armen
Herzen sich bildete! Und doch – bin ich ganz unschuldig? Hab' ich nicht ihre Empfindungen genährt? Hab'
ich mich nicht an den ganz wahren Ausdrücken der
Natur, die uns so oft zu lachen machten, so wenig
lächerlich sie waren, selbst ergetzt, hab' ich nicht –
Oh, was ist der Mensch, daß er über sich klagen darf!
Ich will, lieber Freund, ich verspreche Dir's, ich will
mich bessern, will nicht mehr ein bißchen Übel, das
uns das Schicksal vorlegt, wiederkäuen, wie ich's
immer getan habe; ich will das Gegenwärtige genießen,
und das Vergangene soll mir vergangen sein. Gewiß,
Du hast recht, Bester, der Schmerzen wären minder
unter den Menschen, wenn sie nicht – Gott weiß,
warum sie so gemacht sind – mit so viel Emsigkeit
der Einbildungskraft sich beschäftigten, die Erinnerungen des vergangenen Übels zurückzurufen eher als
eine gleichgültige Gegenwart zu ertragen.

Du bist so gut, meiner Mutter zu sagen, daß ich ihr
Geschäft bestens betreiben und ihr eh'stens Nachricht

davon geben werde. Ich habe meine Tante gesprochen und bei weitem das böse Weib nicht gefunden, das man bei uns aus ihr macht. Sie ist eine muntere heftige Frau von dem besten Herzen. Ich erklärte ihr meiner Mutter Beschwerden über den zurückgehaltenen Erbschaftsanteil; sie sagte mir ihre Gründe, Ursachen und die Bedingungen, unter welchen sie bereit wäre, alles herauszugeben, und mehr als wir verlangten. – Kurz, ich mag jetzt nichts davon schreiben; sage meiner Mutter, es werde alles gut gehen. Und ich habe, mein Lieber, wieder bei diesem kleinen Geschäft gefunden, daß Mißverständnisse und Trägheit vielleicht mehr Irrungen in der Welt machen als List und Bosheit. Wenigstens sind die beiden letzteren gewiß seltener.

Übrigens befinde ich mich hier gar wohl, die Einsamkeit ist meinem Herzen köstlicher Balsam in dieser paradiesischen Gegend, und diese Jahreszeit der Jugend wärmt mit aller Fülle mein oft schauderndes Herz. Jeder Baum, jede Hecke ist ein Strauß von Blüten, und man möchte zum Maienkäfer werden, um in dem Meer von Wohlgerüchen herumschweben und alle seine Nahrung darin finden zu können.

Die Stadt selbst ist unangenehm, dagegen ringsumher eine unaussprechliche Schönheit der Natur. Das bewog den verstorbenen Grafen von M . . ., seinen Garten auf einem der Hügel anzulegen, die mit der schönsten Mannigfaltigkeit sich kreuzen und die lieblichsten Täler bilden. Der Garten ist einfach, und man fühlt gleich bei dem Eintritte, daß nicht ein wissenschaftlicher Gärtner, sondern ein fühlendes Herz den Plan gezeichnet, das seiner selbst hier genießen wollte. Schon manche Träne hab' ich dem Abgeschiedenen in dem verfallenen Kabinettchen geweint, das sein Lieblingsplätzchen war und auch meines ist. Bald werde ich Herr vom Garten sein; der Gärtner ist mir zugetan

6

nur seit den paar Tagen, und er wird sich nicht übel dabei befinden.

Am 10. Mai

Eine wunderbare Heiterkeit hat meine ganze Seele eingenommen, gleich den süßen Frühlingsmorgen, die ich mit ganzem Herzen genieße. Ich bin allein und freue mich meines Lebens in dieser Gegend, die für solche Seelen geschaffen ist wie die meine. Ich bin so glücklich, mein Bester, so ganz in dem Gefühle von ruhigem Dasein versunken, daß meine Kunst darunter leidet. Ich könnte jetzt nicht zeichnen, nicht einen Strich, und bin nie ein größerer Maler gewesen als in diesen Augenblicken. Wenn das liebe Tal um mich dampft und die hohe Sonne an der Oberfläche der undurchdringlichen Finsternis meines Waldes ruht und nur einzelne Strahlen sich in das innere Heiligtum stehlen, ich dann im hohen Grase am fallenden Bache liege und näher an der Erde tausend mannigfaltige Gräschen mir merkwürdig werden; wenn ich das Wimmeln der kleinen Welt zwischen Halmen, die unzähligen, unergründlichen Gestalten der Würmchen, der Mückchen näher an meinem Herzen fühle und fühle die Gegenwart des Allmächtigen, der uns nach seinem Bilde schuf, das Wehen des Alliebenden, der uns in ewiger Wonne schwebend trägt und erhält; mein Freund, wenn's dann um meine Augen dämmert und die Welt um mich her und der Himmel ganz in meiner Seele ruhn wie die Gestalt einer Geliebten, dann sehne ich mich oft und denke: Ach, könntest du das wieder ausdrücken, könntest du dem Papiere das einhauchen, was so voll, so warm in dir lebt, daß es würde der Spiegel deiner Seele, wie deine Seele ist der Spiegel des unendlichen Gottes! – Mein Freund! – Aber ich gehe darüber zugrunde, ich erliege unter der Gewalt der Herrlichkeit dieser Erscheinungen.

Ich weiß nicht, ob täuschende Geister um diese Gegend schweben, oder ob die warme himmlische Phantasie in meinem Herzen, die mir alles rings umher so paradiesisch macht. Da ist gleich vor dem Orte ein Brunnen, ein Brunnen, an den ich gebannt bin wie Melusine mit ihren Schwestern. – Du gehst einen kleinen Hügel hinunter und findest Dich vor einem Gewölbe, da wohl zwanzig Stufen hinabgehen, wo unten das klarste Wasser aus Marmorfelsen quillt. Die kleine Mauer, die oben umher die Einfassung macht, die hohen Bäume, die den Platz rings umher bedecken, die Kühle des Orts, das hat alles so was Anzügliches, was Schauerliches. Es vergeht kein Tag, daß ich nicht eine Stunde da sitze. Da kommen dann die Mädchen aus der Stadt und holen Wasser, das harmloseste Geschäft und das nötigste, das ehemals die Töchter der Könige selbst verrichteten. Wenn ich da sitze, so lebt die patriarchalische Idee so lebhaft um mich, wie sie alle, die Altväter, am Brunnen Bekanntschaft machen und freien, und wie um die Brunnen und Quellen wohltätige Geister schweben. Oh, der muß nie nach einer schweren Sommertagswanderung sich an des Brunnens Kühle gelabt haben, der das nicht mitempfinden kann.

Am 13. Mai

Du fragst, ob Du mir meine Bücher schicken sollst? – Lieber, ich bitte Dich um Gottes willen, laß mir sie vom Halse! Ich will nicht mehr geleitet, ermuntert, angefeuert sein, braust dieses Herz doch genug aus sich selbst; ich brauche Wiegengesang, und den habe ich in seiner Fülle gefunden in meinem Homer. Wie oft lull' ich mein empörtes Blut zur Ruhe; denn so ungleich, so unstet hast Du nichts gesehn als dieses

Herz. Lieber, brauch' ich Dir das zu sagen, der Du so oft die Last getragen hast, mich vom Kummer zur Ausschweifung und von süßer Melancholie zur verderblichen Leidenschaft übergehen zu sehn? Auch halte ich mein Herzchen wie ein krankes Kind; jeder Wille wird ihm gestattet. Sage das nicht weiter; es gibt Leute, die mir es verübeln würden.

Am 15. Mai

Die geringen Leute des Ortes kennen mich schon und lieben mich, besonders die Kinder. Wie ich im Anfange mich zu ihnen gesellte, sie freundschaftlich fragte über dies und das, glaubten einige, ich wollte ihrer spotten, und fertigten mich wohl gar grob ab. Ich ließ mich das nicht verdrießen; nur fühlte ich, was ich schon oft bemerkt habe, auf das lebhafteste: Leute von einigem Stande werden sich immer in kalter Entfernung vom gemeinen Volke halten, als glaubten sie durch Annäherung zu verlieren; und dann gibt's Flüchtlinge und üble Spaßvögel, die sich herabzulassen scheinen, um ihren Übermut dem armen Volke desto empfindlicher zu machen.

Ich weiß wohl, daß wir nicht gleich sind noch sein können; aber ich halte dafür, daß der, der nötig zu haben glaubt, vom sogenannten Pöbel sich zu entfernen, um den Respekt zu erhalten, ebenso tadelhaft ist als ein Feiger, der sich vor seinem Feinde verbirgt, weil er zu unterliegen fürchtet.

Letzthin kam ich zum Brunnen und fand ein junges Dienstmädchen, das ihr Gefäß auf die unterste Treppe gesetzt hatte, und sich umsah, ob keine Kameradin kommen wollte, ihr es auf den Kopf zu helfen. Ich stieg hinunter und sah sie an. – Soll ich Ihr helfen, Jungfer? sagte ich. – Sie ward rot über und über. – O nein, Herr! sagte sie. – Ohne Umstände. – Sie

9

legte ihren Kringen zurecht, und ich half ihr. Sie dankte und stieg hinauf.

Den 17. Mai

Ich habe allerlei Bekanntschaft gemacht, Gesellschaft
5 habe ich noch keine gefunden. Ich weiß nicht, was
ich Anzügliches für die Menschen haben muß; es
mögen mich ihrer so viele und hängen sich an mich,
und da tut mir's weh, wenn unser Weg nur eine kleine
Strecke miteinander geht. Wenn Du fragst, wie die
10 Leute hier sind, muß ich Dir sagen: Wie überall! Es
ist ein einförmiges Ding um das Menschengeschlecht.
Die meisten verarbeiten den größten Teil der Zeit,
um zu leben, und das bißchen, das ihnen von Freiheit
übrig bleibt, ängstigt sie so, daß sie alle Mittel auf-
15 suchen, um es los zu werden. O Bestimmung des
Menschen!

Aber eine recht gute Art Volks! Wenn ich mich
manchmal vergesse, manchmal mit ihnen die Freuden
genieße, die den Menschen noch gewährt sind, an
20 einem artig besetzten Tisch mit aller Offen- und Treu-
herzigkeit sich herumzuspaßen, eine Spazierfahrt,
einen Tanz zur rechten Zeit anzuordnen und dergleichen, das tut eine ganz gute Wirkung auf mich;
nur muß mir nicht einfallen, daß noch so viele andere
25 Kräfte in mir ruhen, die alle ungenutzt vermodern
und die ich sorgfältig verbergen muß. Ach, das engt
das ganze Herz so ein. – Und doch, mißverstanden zu
werden, ist das Schicksal von unsereinem.

Ach, daß die Freundin meiner Jugend dahin ist! Ach,
30 daß ich sie je gekannt habe! – Ich würde sagen, du
bist ein Tor, du suchst, was hienieden nicht zu finden
ist; aber ich habe sie gehabt, ich habe das Herz gefühlt,
die große Seele, in deren Gegenwart ich mir schien
mehr zu sein, als ich war, weil ich alles war, was

10

ich sein konnte. Guter Gott! blieb da eine einzige Kraft meiner Seele ungenutzt? Konnt' ich nicht vor ihr das ganze wunderbare Gefühl entwickeln, mit dem mein Herz die Natur umfaßt? War unser Umgang nicht ein ewiges Weben von der feinsten Empfindung, dem schärfsten Witze, dessen Modifikationen bis zur Unart alle mit dem Stempel des Genies bezeichnet waren? Und nun! – Ach ihre Jahre, die sie voraus hatte, führten sie früher ans Grab als mich. Nie werde ich sie vergessen, nie ihren festen Sinn und ihre göttliche Duldung.

Vor wenig Tagen traf ich einen jungen V . . . an, einen offnen Jungen, mit einer gar glücklichen Gesichtsbildung. Er kommt erst von Akademien, dünkt sich eben nicht weise, aber glaubt doch, er wisse mehr als andere. Auch war er fleißig, wie ich an allerlei spüre, kurz, er hat hübsche Kenntnisse. Da er hörte, daß ich viel zeichnete und Griechisch könnte (zwei Meteore hier zu Lande), wandte er sich an mich und kramte viel Wissens aus, von Batteux bis zu Wood, von de Piles zu Winckelmann, und versicherte mich, er habe Sulzers Theorie, den ersten Teil, ganz durchgelesen und besitze ein Manuskript von Heynen über das Studium der Antike. Ich ließ das gut sein.

Noch gar einen braven Mann habe ich kennenlernen, den fürstlichen Amtmann, einen offenen, treuherzigen Menschen. Man sagt, es soll eine Seelenfreude sein, ihn unter seinen Kindern zu sehen, deren er neun hat; besonders macht man viel Wesens von seiner ältesten Tochter. Er hat mich zu sich gebeten, und ich will ihn eh'ster Tage besuchen. Er wohnt auf einem fürstlichen Jagdhofe, anderthalb Stunden von hier, wohin er, nach dem Tode seiner Frau, zu ziehen die Erlaubnis erhielt, da ihm der Aufenthalt hier in der Stadt und im Amthause zu weh tat.

Sonst sind mir einige verzerrte Originale in den

11

Weg gelaufen, an denen alles unausstehlich ist, am
unerträglichsten ihre Freundschaftsbezeigungen.

Leb wohl! Der Brief wird Dir recht sein, er ist ganz
historisch.

Am 22. Mai

Daß das Leben des Menschen nur ein Traum sei,
ist manchen schon so vorgekommen, und auch mit
mir zieht dieses Gefühl immer herum. Wenn ich die
Einschränkung ansehe, in welcher die tätigen und forschenden Kräfte des Menschen eingesperrt sind; wenn
ich sehe, wie alle Wirksamkeit dahinaus läuft, sich
die Befriedigung von Bedürfnissen zu verschaffen, die
wieder keinen Zweck haben, als unsere arme Existenz
zu verlängern, und dann, daß alle Beruhigung über
gewisse Punkte des Nachforschens nur eine träumende
Resignation ist, da man sich die Wände, zwischen
denen man gefangen sitzt, mit bunten Gestalten und
lichten Aussichten bemalt. – Das alles, Wilhelm,
macht mich stumm. Ich kehre in mich selbst zurück
und finde eine Welt! Wieder mehr in Ahnung und
dunkler Begier als in Darstellung und lebendiger
Kraft. Und da schwimmt alles vor meinen Sinnen, und
ich lächle dann so träumend weiter in die Welt.

Daß die Kinder nicht wissen, warum sie wollen,
darin sind alle hochgelahrten Schul- und Hofmeister
einig; daß aber auch Erwachsene gleich Kindern auf
diesem Erdboden herumtaumeln, und wie jene nicht
wissen, woher sie kommen und wohin sie gehen, ebensowenig nach wahren Zwecken handeln, ebenso durch
Biskuit und Kuchen und Birkenreiser regiert werden:
das will niemand gern glauben, und mich dünkt, man
kann es mit Händen greifen.

Ich gestehe Dir gern, denn ich weiß, was Du mir
hierauf sagen möchtest, daß diejenigen die Glück-

lichsten sind, die gleich den Kindern in den Tag hinein leben, ihre Puppen herumschleppen, aus- und
anziehen und mit großem Respekt um die Schublade
umherschleichen, wo Mama das Zuckerbrot hinein-
geschlossen hat, und wenn sie das Gewünschte endlich   5
erhaschen, es mit vollen Backen verzehren und rufen:
Mehr! – Das sind glückliche Geschöpfe. Auch denen
ist's wohl, die ihren Lumpenbeschäftigungen oder
wohl gar ihren Leidenschaften prächtige Titel geben
und sie dem Menschengeschlechte als Riesenoperatio-   10
nen zu dessen Heil und Wohlfahrt anschreiben. – Wohl
dem, der so sein kann! Wer aber in seiner Demut
erkennt, wo das alles hinausläuft, wer da sieht, wie artig
jeder Bürger, dem es wohl ist, sein Gärtchen zum
Paradiese zuzustutzen weiß, und wie unverdrossen   15
dann doch auch der Unglückliche unter der Bürde
seinen Weg fortkeucht, und alle gleich interessiert sind,
das Licht dieser Sonne noch eine Minute länger zu
sehn – ja, der ist still und bildet auch seine Welt aus sich
selbst und ist auch glücklich, weil er ein Mensch ist.   20
Und dann, so eingeschränkt er ist, hält er doch immer
im Herzen das süße Gefühl der Freiheit, und daß er
diesen Kerker verlassen kann, wann er will.

Am 26. Mai

Du kennst von alters her meine Art, mich anzu-   25
bauen, mir irgend an einem vertraulichen Ort ein
Hüttchen aufzuschlagen und da mit aller Einschränkung zu herbergen. Auch hier hab' ich wieder ein
Plätzchen angetroffen, das mich angezogen hat.
  Ungefähr eine Stunde von der Stadt liegt ein Ort,   30
den sie Wahlheim[1] nennen. Die Lage an einem Hügel

---

[1] Der Leser wird sich keine Mühe geben, die hier genannten Orte
zu suchen, man hat sich genötigt gesehen, die im Originale befind-
lichen wahren Namen zu verändern.

13

ist sehr interessant, und wenn man oben auf dem Fußpfade zum Dorf herausgeht, übersieht man auf einmal das ganze Tal. Eine gute Wirtin, die gefällig und munter in ihrem Alter ist, schenkt Wein, Bier,
5 Kaffee; und was über alles geht, sind zwei Linden, die mit ihren ausgebreiteten Ästen den kleinen Platz vor der Kirche bedecken, der ringsum mit Bauer- häusern, Scheuern und Höfen eingeschlossen ist. So vertraulich, so heimlich hab' ich nicht leicht ein Plätz-
10 chen gefunden, und dahin lass' ich mein Tischchen aus dem Wirtshause bringen und meinen Stuhl, trinke meinen Kaffee da und lese meinen Homer. Das erste- mal, als ich durch einen Zufall an einem schönen Nach- mittage unter die Linden kam, fand ich das Plätzchen
15 so einsam. Es war alles im Felde; nur ein Knabe von ungefähr vier Jahren saß an der Erde und hielt ein anderes, etwa halbjähriges vor ihm zwischen seinen Füßen sitzendes Kind mit beiden Armen wider seine Brust, so daß er ihm zu einer Art von Sessel diente,
20 und, ungeachtet der Munterkeit, womit er aus seinen schwarzen Augen herumschaute, ganz ruhig saß. Mich vergnügte der Anblick: ich setzte mich auf einen Pflug, der gegenüberstand, und zeichnete die brüderliche Stellung mit vielem Ergetzen. Ich fügte den nächsten
25 Zaun, ein Scheunentor und einige gebrochene Wagen- räder bei, alles, wie es hintereinander stand, und fand nach Verlauf einer Stunde, daß ich eine wohlgeord- nete, sehr interessante Zeichnung verfertigt hatte, ohne das mindeste von dem Meinen hinzuzutun. Das
30 bestärkte mich in meinem Vorsatze, mich künftig allein an die Natur zu halten. Sie allein ist unendlich reich, und sie allein bildet den großen Künstler. Man kann zum Vorteile der Regeln viel sagen, ungefähr was man zum Lobe der bürgerlichen Gesellschaft sagen
35 kann. Ein Mensch, der sich nach ihnen bildet, wird nie etwas Abgeschmacktes und Schlechtes hervor-

bringen, wie einer, der sich durch Gesetze und Wohlstand modeln läßt, nie ein unerträglicher Nachbar, nie ein merkwürdiger Bösewicht werden kann; dagegen wird aber auch alle Regel, man rede, was man wolle, das wahre Gefühl von Natur und den wahren Ausdruck derselben zerstören! Sag Du, das ist zu hart! Sie schränkt nur ein, beschneidet die geilen Reben usw. – Guter Freund, soll ich Dir ein Gleichnis geben? Es ist damit wie mit der Liebe. Ein junges Herz hängt ganz an einem Mädchen, bringt alle Stunden seines Tages bei ihr zu, verschwendet alle seine Kräfte, all sein Vermögen, um ihr jeden Augenblick auszudrücken, daß er sich ganz ihr hingibt. Und da käme ein Philister, ein Mann, der in einem öffentlichen Amte steht, und sagte zu ihm: Feiner junger Herr! Lieben ist menschlich, nur müßt ihr menschlich lieben! Teilet eure Stunden ein, die einen zur Arbeit, und die Erholungsstunden widmet eurem Mädchen. Berechnet euer Vermögen, und was euch von eurer Notdurft übrig bleibt, davon verwehr' ich euch nicht, ihr ein Geschenk, nur nicht zu oft, zu machen, etwa zu ihrem Geburts- und Namenstage usw. – Folgt der Mensch, so gibt's einen brauchbaren jungen Menschen, und ich will selbst jedem Fürsten raten, ihn in ein Kollegium zu setzen; nur mit seiner Liebe ist's am Ende, und wenn er ein Künstler ist, mit seiner Kunst. O meine Freunde! Warum der Strom des Genies so selten ausbricht, so selten in hohen Fluten hereinbraust und eure staunende Seele erschüttert? – Liebe Freunde, da wohnen die gelassenen Herren auf beiden Seiten des Ufers, denen ihre Gartenhäuschen, Tulpenbeete und Krautfelder zugrunde gehen würden, die daher in Zeiten mit Dämmen und Ableiten der künftig drohenden Gefahr abzuwehren wissen.

Ich bin, wie ich sehe, in Verzückung, Gleichnisse und
Deklamation verfallen und habe darüber vergessen,
Dir auszuerzählen, was mit den Kindern weiter
5 geworden ist. Ich saß, ganz in malerische Empfindung
vertieft, die Dir mein gestriges Blatt sehr zerstückt
darlegt, auf meinem Pfluge wohl zwei Stunden. Da
kommt gegen Abend eine junge Frau auf die Kinder
los, die sich indes nicht gerührt hatten, mit einem
10 Körbchen am Arm und ruft von weitem: Philipps,
du bist recht brav. – Sie grüßte mich, ich dankte ihr,
stand auf, trat näher hin und fragte sie, ob sie Mutter
von den Kindern wäre? Sie bejahte es, und indem
sie dem ältesten einen halben Weck gab, nahm sie
15 das Kleine auf und küßte es mit aller mütterlichen
Liebe. – Ich habe, sagte sie, meinem Philipps das
Kleine zu halten gegeben und bin mit meinem Ältesten in die Stadt gegangen, um Weißbrot zu holen
und Zucker und ein irden Breipfännchen. – Ich sah
20 das alles in dem Korbe, dessen Deckel abgefallen war.
– Ich will meinem Hans (das war der Name des Jüngsten) ein Süppchen kochen zum Abende; der lose
Vogel, der Große, hat mir gestern das Pfännchen zer-
brochen, als er sich mit Philippsen um die Scharre des
25 Breis zankte. – Ich fragte nach dem Ältesten, und sie
hatte mir kaum gesagt, daß er auf der Wiese sich mit
ein paar Gänsen herumjage, als er gesprungen kam
und dem Zweiten eine Haselgerte mitbrachte. Ich
unterhielt mich weiter mit dem Weibe und erfuhr,
30 daß sie des Schulmeisters Tochter sei, und daß ihr
Mann eine Reise in die Schweiz gemacht habe, um
die Erbschaft eines Vetters zu holen. – Sie haben ihn
drum betriegen wollen, sagte sie, und ihm auf seine
Briefe nicht geantwortet; da ist er selbst hineingegan-
35 gen. Wenn ihm nur kein Unglück widerfahren ist, ich

16

höre nichts von ihm. – Es ward mir schwer, mich von dem Weibe loszumachen, gab jedem der Kinder einen Kreuzer, und auch fürs jüngste gab ich ihr einen, ihm einen Weck zur Suppe mitzubringen, wenn sie in die Stadt ginge, und so schieden wir voneinander. 5

Ich sage Dir, mein Schatz, wenn meine Sinne gar nicht mehr halten wollen, so lindert all den Tumult der Anblick eines solchen Geschöpfs, das in glücklicher Gelassenheit den engen Kreis seines Daseins hingeht, von einem Tage zum andern sich durchhilft, 10 die Blätter abfallen sieht und nichts dabei denkt, als daß der Winter kommt.

Seit der Zeit bin ich oft draußen. Die Kinder sind ganz an mich gewöhnt, sie kriegen Zucker, wenn ich Kaffee trinke, und teilen das Butterbrot und die saure 15 Milch mit mir des Abends. Sonntags fehlt ihnen der Kreuzer nie, und wenn ich nicht nach der Betstunde da bin, so hat die Wirtin Ordre, ihn auszuzahlen.

Sie sind vertraut, erzählen mir allerhand, und besonders ergetze ich mich an ihren Leidenschaften und 20 simplen Ausbrüchen des Begehrens, wenn mehr Kinder aus dem Dorfe sich versammeln.

Viel Mühe hat mich's gekostet, der Mutter ihre Besorgnis zu nehmen: sie möchten den Herrn inkommodieren. 25

Am 30. Mai

Was ich Dir neulich von der Malerei sagte, gilt gewiß auch von der Dichtkunst; es ist nur, daß man das Vortreffliche erkenne und es auszusprechen wage, und das ist freilich mit wenigem viel gesagt. Ich habe heut 30 eine Szene gehabt, die, rein abgeschrieben, die schönste Idylle von der Welt gäbe; doch was soll Dichtung, Szene und Idylle? Muß es denn immer gebosselt sein, wenn wir teil an einer Naturerscheinung nehmen sollen?

Wenn Du auf diesen Eingang viel Hohes und Vornehmes erwartest, so bist Du wieder übel betrogen; es ist nichts als ein Bauerbursch, der mich zu dieser lebhaften Teilnehmung hingerissen hat – ich werde,
5 wie gewöhnlich, schlecht erzählen, und Du wirst mich wie gewöhnlich, denk' ich, übertrieben finden; es ist wieder Wahlheim und immer Wahlheim, das diese Seltenheiten hervorbringt.

Es war eine Gesellschaft draußen unter den Linden,
10 Kaffee zu trinken. Weil sie mir nicht ganz anstand, so blieb ich unter einem Vorwande zurück.

Ein Bauerbursch kam aus einem benachbarten Hause und beschäftigte sich, an dem Pfluge, den ich neulich gezeichnet hatte, etwas zurechtzumachen. Da mir sein
15 Wesen gefiel, redete ich ihn an, fragte nach seinen Umständen; wir waren bald bekannt und, wie mir's gewöhnlich mit dieser Art Leuten geht, bald vertraut. Er erzählte mir, daß er bei einer Witwe in Diensten sei und von ihr gar wohl gehalten werde. Er sprach
20 so vieles von ihr und lobte sie dergestalt, daß ich bald merken konnte, er sei ihr mit Leib und Seele zugetan. Sie sei nicht mehr jung, sagte er, sie sei von ihrem ersten Mann übel gehalten worden, wolle nicht mehr heiraten, und aus seiner Erzählung leuchtete so
25 merklich hervor, wie schön, wie reizend sie für ihn sei, wie sehr er wünsche, daß sie ihn wählen möchte, um das Andenken der Fehler ihres ersten Mannes auszulöschen, daß ich Wort für Wort wiederholen müßte, um Dir die reine Neigung, die Liebe und Treue
30 dieses Menschen anschaulich zu machen. Ja, ich müßte die Gabe des größten Dichters besitzen, um Dir zugleich den Ausdruck seiner Gebärden, die Harmonie seiner Stimme, das heimliche Feuer seiner Blicke lebendig darstellen zu können. Nein, es sprechen
35 keine Worte die Zartheit aus, die in seinem ganzen Wesen und Ausdruck war; es ist alles nur plump, was

18

ich wieder vorbringen könnte. Besonders rührte mich, wie · er fürchtete, ich möchte über sein Verhältnis zu ihr ungleich denken und an ihrer guten Aufführung zweifeln. Wie reizend es war, wenn er von ihrer Gestalt, von ihrem Körper sprach, der ihn ohne jugendliche Reize gewaltsam an sich zog und fesselte, kann ich mir nur in meiner innersten Seele wiederholen. Ich hab' in meinem Leben die dringende Begierde und das heiße, sehnliche Verlangen nicht in dieser Reinheit gesehen, ja wohl kann ich sagen, in dieser Reinheit nicht gedacht und geträumt. Schelte mich nicht, wenn ich Dir sage, daß bei der Erinnerung dieser Unschuld und Wahrheit mir die innerste Seele glüht, und daß mich das Bild dieser Treue und Zärtlichkeit überall verfolgt, und daß ich, wie selbst davon entzündet, lechze und schmachte.

Ich will nun suchen, auch sie eh'stens zu sehn, oder vielmehr, wenn ich's recht bedenke, ich will's vermeiden. Es ist besser, ich sehe sie durch die Augen ihres Liebhabers; vielleicht erscheint sie mir vor meinen eigenen Augen nicht so, wie sie jetzt vor mir steht, und warum soll ich mir das schöne Bild verderben?

Am 16. Junius

Warum ich Dir nicht schreibe? – Fragst Du das und bist doch auch der Gelehrten einer? Du solltest raten, daß ich mich wohl befinde, und zwar – Kurz und gut, ich habe eine Bekanntschaft gemacht, die mein Herz näher angeht. Ich habe – ich weiß nicht.

Dir in der Ordnung zu erzählen, wie's zugegangen ist, daß ich eins der liebenswürdigsten Geschöpfe habe kennenlernen, wird schwer halten. Ich bin vergnügt und glücklich und also kein guter Historienschreiber.

Einen Engel! – Pfui! Das sagt jeder von der Seinigen,

nicht wahr? Und doch bin ich nicht imstande, Dir zu sagen, wie sie vollkommen ist, warum sie vollkommen ist; genug, sie hat allen meinen Sinn gefangen genommen.

5 So viel Einfalt bei so viel Verstand, so viele Güte bei so viel Festigkeit und die Ruhe der Seele bei dem wahren Leben und der Tätigkeit. –

Das ist alles garstiges Gewäsch, was ich da von ihr sage, leidige Abstraktionen, die nicht einen Zug ihres
10 Selbst ausdrücken. Ein andermal – nein, nicht ein andermal, jetzt gleich will ich Dir's erzählen. Tu' ich's jetzt nicht, so geschäh' es niemals. Denn, unter uns, seit ich angefangen habe zu schreiben, war ich schon dreimal im Begriffe, die Feder niederzulegen, mein
15 Pferd satteln zu lassen und hinauszureiten. Und doch schwur ich mir heute frühe, nicht hinauszureiten, und gehe doch alle Augenblick' ans Fenster, zu sehen, wie hoch die Sonne noch steht. –

Ich hab's nicht überwinden können, ich mußte zu
20 ihr hinaus. Da bin ich wieder, Wilhelm, will mein Butterbrot zu Nacht essen und Dir schreiben. Welch eine Wonne das für meine Seele ist, sie in dem Kreise der lieben muntern Kinder, ihrer acht Geschwister zu sehen! –

25 Wenn ich so fortfahre, wirst Du am Ende so klug sein wie am Anfange. Höre denn, ich will mich zwingen, ins Detail zu gehen.

Ich schrieb Dir neulich, wie ich den Amtmann S . . . habe kennenlernen, und wie er mich gebeten habe, ihn
30 bald in seiner Einsiedelei oder vielmehr seinem kleinen Königreiche zu besuchen. Ich vernachlässigte das und wäre vielleicht nie hingekommen, hätte mir der Zufall nicht den Schatz entdeckt, der in der stillen Gegend verborgen liegt.

35 Unsere jungen Leute hatten einen Ball auf dem Lande angestellt, zu dem ich mich denn auch willig

finden ließ. Ich bot einem hiesigen guten, schönen, übrigens unbedeutenden Mädchen die Hand, und es wurde ausgemacht, daß ich eine Kutsche nehmen, mit meiner Tänzerin und ihrer Base nach dem Orte der Lustbarkeit hinausfahren, und auf dem Wege Char- 5 lotten S . . . mitnehmen sollte. – Sie werden ein schönes Frauenzimmer kennenlernen, sagte meine Gesell- schafterin, da wir durch den weiten ausgehauenen Wald nach dem Jagdhause fuhren. – Nehmen Sie sich in acht, versetzte die Base, daß Sie sich nicht ver- 10 lieben! – Wieso? sagte ich. – Sie ist schon vergeben, antwortete jene, an einen sehr braven Mann, der weg- gereist ist, seine Sachen in Ordnung zu bringen, weil sein Vater gestorben ist, und sich um eine ansehnliche Versorgung zu bewerben. – Die Nachricht war mir 15 ziemlich gleichgültig.

Die Sonne war noch eine Viertelstunde vom Ge- birge, als wir vor dem Hoftore anfuhren. Es war sehr schwül, und die Frauenzimmer äußerten ihre Besorgnis wegen eines Gewitters, das sich in weißgrauen dump- 20 fichten Wölkchen rings am Horizonte zusammenzu- ziehen schien. Ich täuschte ihre Furcht mit anmaßlicher Wetterkunde, ob mir gleich selbst zu ahnen anfing, unsere Lustbarkeit werde einen Stoß leiden.

Ich war ausgestiegen, und eine Magd, die ans Tor 25 kam, bat uns, einen Augenblick zu verziehen, Mamsell Lottchen würde gleich kommen. Ich ging durch den Hof nach dem wohlgebauten Hause, und da ich die vorliegenden Treppen hinaufgestiegen war und in die Tür trat, fiel mir das reizendste Schauspiel in die 30 Augen, das ich je gesehen habe. In dem Vorsaale wim- melten sechs Kinder von elf zu zwei Jahren um ein Mädchen von schöner Gestalt, mittlerer Größe, die ein simples weißes Kleid mit blaßroten Schleifen an Arm und Brust anhatte. Sie hielt ein schwarzes Brot und 35 schnitt ihren Kleinen ringsherum jedem sein Stück

21

nach Proportion ihres Alters und Appetits ab, gab's
jedem mit solcher Freundlichkeit, und jedes rief so
ungekünstelt sein: Danke! indem es mit den kleinen
Händchen lange in die Höhe gereicht hatte, ehe es
5 noch abgeschnitten war, und nun mit seinem Abend-
brote vergnügt entweder wegsprang oder nach seinem
stillern Charakter gelassen davonging nach dem Hoftore zu, um die Fremden und die Kutsche zu sehen,
darin ihre Lotte wegfahren sollte. – Ich bitte um Ver-
10 gebung, sagte sie, daß ich Sie hereinbemühe und die
Frauenzimmer warten lasse. Über dem Anziehen und
allerlei Bestellungen fürs Haus in meiner Abwesenheit
habe ich vergessen, meinen Kindern ihr Vesperbrot
zu geben, und sie wollen von niemandem Brot
15 geschnitten haben als von mir. – Ich machte ihr ein
unbedeutendes Kompliment, meine ganze Seele ruhte
auf der Gestalt, dem Tone, dem Betragen, und ich
hatte eben Zeit, mich von der Überraschung zu
erholen, als sie in die Stube lief, ihre Handschuhe und
20 den Fächer zu holen. Die Kleinen sahen mich in einiger
Entfernung so von der Seite an, und ich ging auf das
jüngste los, das ein Kind von der glücklichsten
Gesichtsbildung war. Es zog sich zurück, als eben
Lotte zur Türe herauskam und sagte: Louis, gib dem
25 Herrn Vetter eine Hand. – Das tat der Knabe sehr
freimütig, und ich konnte mich nicht enthalten, ihn,
ungeachtet seines kleinen Rotznäschens, herzlich zu
küssen. – Vetter? sagte ich, indem ich ihr die Hand
reichte, glauben Sie, daß ich des Glückes wert sei, mit
30 Ihnen verwandt zu sein? – Oh, sagte sie mit einem
leichtfertigen Lächeln: unsere Vetterschaft ist sehr
weitläufig, und es wäre mir leid, wenn Sie der
schlimmste drunter sein sollten. – Im Gehen gab sie
Sophien, der ältesten Schwester nach ihr, einem Mäd-
35 chen von ungefähr eilf Jahren, den Auftrag, wohl auf
die Kinder acht zu haben und den Papa zu grüßen,

wenn er vom Spazierritte nach Hause käme. Den Kleinen sagte sie, sie sollten ihrer Schwester Sophie folgen, als wenn sie's selber wäre, das denn auch einige ausdrücklich versprachen. Eine kleine naseweise Blondine aber, von ungefähr sechs Jahren, sagte: Du bist's doch nicht, Lottchen, wir haben dich doch lieber. − Die zwei ältesten Knaben waren auf die Kutsche geklettert, und auf mein Vorbitten erlaubte sie ihnen, bis vor den Wald mitzufahren, wenn sie versprächen, sich nicht zu necken und sich recht festzuhalten.

Wir hatten uns kaum zurechtgesetzt, die Frauenzimmer sich bewillkommt, wechselsweise über den Anzug, vorzüglich über die Hüte ihre Anmerkungen gemacht und die Gesellschaft, die man erwartete, gehörig durchgezogen: als Lotte den Kutscher halten und ihre Brüder herabsteigen ließ, die noch einmal ihre Hand zu küssen begehrten, das denn der älteste mit aller Zärtlichkeit, die dem Alter von fünfzehn Jahren eigen sein kann, der andere mit viel Heftigkeit und Leichtsinn tat. Sie ließ die Kleinen noch einmal grüßen und wir fuhren weiter.

Die Base fragte, ob sie mit dem Buche fertig wäre, das sie ihr neulich geschickt hätte? − Nein, sagte Lotte, es gefällt mir nicht, Sie können's wieder haben. Das vorige war auch nicht besser. − Ich erstaunte, als ich fragte, was es für Bücher wären, und sie mir antwortete[1]: − Ich fand so viel Charakter in allem, was sie sagte, ich sah mit jedem Wort neue Reize, neue Strahlen des Geistes aus ihren Gesichtszügen hervorbrechen, die sich nach und nach vergnügt zu entfalten schienen, weil sie an mir fühlte, daß ich sie verstand.

---

[1] Man sieht sich genötigt, diese Stelle des Briefes zu unterdrücken, um niemand Gelegenheit zu einiger Beschwerde zu geben. Obgleich im Grunde jedem Autor wenig an dem Urteile eines einzelnen Mädchens, und eines jungen unstäten Menschen gelegen sein kann.

Wie ich jünger war, sagte sie, liebte ich nichts so sehr als Romane. Weiß Gott, wie wohl mir's war, wenn ich mich sonntags so in ein Eckchen setzen und mit ganzem Herzen an dem Glück und Unstern einer
5 Miß Jenny teilnehmen konnte. Ich leugne auch nicht, daß die Art noch einige Reize für mich hat. Doch da ich so selten an ein Buch komme, so muß es auch recht nach meinem Geschmack sein. Und der Autor ist mir der liebste, in dem ich meine Welt wieder finde,
10 bei dem es zugeht wie um mich, und dessen Geschichte mir doch so interessant und herzlich wird als mein eigen häuslich Leben, das freilich kein Paradies, aber doch im ganzen eine Quelle unsäglicher Glückseligkeit ist.
15 Ich bemühte mich, meine Bewegungen über diese Worte zu verbergen. Das ging freilich nicht weit: denn da ich sie mit solcher Wahrheit im Vorbeigehen vom Landpriester von Wakefield, vom[1] — reden hörte, kam ich ganz außer mich, sagte ihr alles, was ich
20 wußte, und bemerkte erst nach einiger Zeit, da Lotte das Gespräch an die anderen wendete, daß diese die Zeit über mit offenen Augen, als säßen sie nicht da, dagesessen hatten. Die Base sah mich mehr als einmal mit einem spöttischen Näschen an, daran mir aber
25 nichts gelegen war.
Das Gespräch fiel aufs Vergnügen am Tanze. — Wenn diese Leidenschaft ein Fehler ist, sagte Lotte, so gestehe ich Ihnen gern, ich weiß mir nichts übers Tanzen. Und wenn ich was im Kopfe habe und mir auf
30 meinem verstimmten Klavier einen Kontretanz vortrommle, so ist alles wieder gut.
Wie ich mich unter dem Gespräche in den schwar-

[1] Man hat auch hier die Namen einiger vaterländischen Autoren ausgelassen. Wer teil an Lottens Beifalle hat, wird es gewiß an seinem
35 Herzen fühlen, wenn er diese Stelle lesen sollte, und sonst braucht es ja niemand zu wissen.

zen Augen weidete, wie die lebendigen Lippen und die
frischen muntern Wangen meine ganze Seele anzogen!
wie ich, in den herrlichen Sinn ihrer Rede ganz versunken, oft gar die Worte nicht hörte, mit denen sie
sich ausdrückte! – davon hast Du eine Vorstellung,   5
weil Du mich kennst. Kurz, ich stieg aus dem Wagen
wie ein Träumender, als wir vor dem Lusthause stille-
hielten, und war so in Träumen rings in der dämmernden Welt verloren, daß ich auf die Musik kaum achtete, die uns von dem erleuchteten Saal herunter ent-   10
gegenschallte.

Die zwei Herren Audran und ein gewisser N. N. –
wer behält alle die Namen! –, die der Base und Lottens
Tänzer waren, empfingen uns am Schlage, bemäch-
tigten sich ihrer Frauenzimmer, und ich führte das   15
meinige hinauf.

Wir schlangen uns in Menuetts umeinander herum;
ich forderte ein Frauenzimmer nach dem andern auf,
und just die unleidlichsten konnten nicht dazu kommen, einem die Hand zu reichen und ein Ende zu   20
machen. Lotte und ihr Tänzer fingen einen Englischen
an, und wie wohl mir's war, als sie auch in der Reihe
die Figur mit uns anfing, magst Du fühlen. Tanzen
muß man sie sehen! Siehst Du, sie ist so mit ganzem
Herzen und mit ganzer Seele dabei, ihr ganzer Körper   25
Eine Harmonie, so sorglos, so unbefangen, als wenn
das eigentlich alles wäre, als wenn sie sonst nichts
dächte, nichts empfände; und in dem Augenblicke
gewiß schwindet alles andere vor ihr.

Ich bat sie um den zweiten Kontretanz; sie sagte   30
mir den dritten zu und mit der liebenswürdigsten
Freimütigkeit von der Welt versicherte sie mir, daß
sie herzlich gern Deutsch tanze. – Es ist hier so Mode,
fuhr sie fort, daß jedes Paar, das zusammengehört,
beim Deutschen zusammenbleibt, und mein Chapeau   35
walzt schlecht und dankt mir's, wenn ich ihm die

25

Arbeit erlasse. Ihr Frauenzimmer kann's auch nicht und mag nicht, und ich habe im Englischen gesehn, daß Sie gut walzen; wenn Sie nun mein sein wollen fürs Deutsche, so gehn Sie und bitten sich's von meinem Herrn aus, und ich will zu Ihrer Dame gehen. – Ich gab ihr die Hand darauf, und wir machten aus, daß ihr Tänzer inzwischen meine Tänzerin unterhalten sollte.

Nun ging's an! und wir ergetzten uns eine Weile an mannigfaltigen Schlingungen der Arme. Mit welchem Reize, mit welcher Flüchtigkeit bewegte sie sich! und da wir nun gar ans Walzen kamen und wie die Sphären umeinander herumrollten, ging's freilich anfangs, weil's die wenigsten können, ein bißchen bunt durcheinander. Wir waren klug und ließen sie austoben, und als die Ungeschicktesten den Plan geräumt hatten, fielen wir ein und hielten mit noch einem Paare, mit Audran und seiner Tänzerin, wacker aus. Nie ist mir's so leicht vom Flecke gegangen. Ich war kein Mensch mehr. Das liebenswürdigste Geschöpf in den Armen zu haben und mit ihr herumzufliegen wie Wetter, daß alles rings umher verging, und – Wilhelm, um ehrlich zu sein, tat ich aber doch den Schwur, daß ein Mädchen, das ich liebte, auf das ich Ansprüche hätte, mir nie mit einem andern walzen sollte als mit mir, und wenn ich drüber zugrunde gehen müßte. Du verstehst mich!

Wir machten einige Touren gehend im Saale, um zu verschnaufen. Dann setzte sie sich, und die Orangen, die ich beiseite gebracht hatte, die nun die einzigen noch übrigen waren, taten vortreffliche Wirkung, nur daß mir mit jedem Schnittchen, das sie einer unbescheidenen Nachbarin ehrenhalber zuteilte, ein Stich durchs Herz ging.

Beim dritten englischen Tanz waren wir das zweite Paar. Wie wir die Reihe durchtanzten und ich, weiß Gott mit wie viel Wonne, an ihrem Arm und Auge

hing, das voll vom wahrsten Ausdruck des offensten
reinsten Vergnügens war, kommen wir an eine Frau,
die mir wegen ihrer liebenswürdigen Miene auf einem
nicht mehr ganz jungen Gesichte merkwürdig gewesen
war. Sie sieht Lotten lächelnd an, hebt einen drohenden 5
Finger auf, und nennt den Namen Albert zweimal im
Vorbeifliegen mit viel Bedeutung.

Wer ist Albert? sagte ich zu Lotten, wenn's nicht
Vermessenheit ist zu fragen. – Sie war im Begriff zu
antworten, als wir uns scheiden mußten, um die große 10
Achte zu machen, und mich dünkte, einiges Nachdenken auf ihrer Stirn zu sehen, als wir so vorein-
ander vorbeikreuzten. – Was soll ich's Ihnen leugnen,
sagte sie, indem sie mir die Hand zur Promenade bot,
Albert ist ein braver Mensch, dem ich so gut als ver- 15
lobt bin. – Nun war mir das nichts Neues (denn die
Mädchen hatten mir's auf dem Wege gesagt) und war
mir doch so ganz neu, weil ich es noch nicht im Verhältnis auf sie, die mir in so wenig Augenblicken so
wert geworden war, gedacht hatte. Genug, ich ver- 20
wirrte mich, und kam zwischen das unrechte Paar
hinein, daß alles drunter und drüber ging und Lottens
ganze Gegenwart und Zerren und Ziehen nötig war,
um es schnell wieder in Ordnung zu bringen.

Der Tanz war noch nicht zu Ende, als die Blitze, die 25
wir schon lange am Horizonte leuchten gesehn, und die
ich immer für Wetterkühlen ausgegeben hatte, viel
stärker zu werden anfingen und der Donner die Musik
überstimmte. Drei Frauenzimmer liefen aus der Reihe,
denen ihre Herren folgten; die Unordnung wurde 30
allgemein, und die Musik hörte auf. Es ist natürlich,
wenn uns ein Unglück oder etwas Schreckliches im
Vergnügen überrascht, daß es stärkere Eindrücke auf
uns macht als sonst, teils wegen des Gegensatzes, der
sich so lebhaft empfinden läßt, teils und noch mehr, 35
weil unsere Sinne einmal der Fühlbarkeit geöffnet

27

sind und also desto schneller einen Eindruck annehmen. Diesen Ursachen muß ich die wunderbaren
Grimassen zuschreiben, in die ich mehrere Frauenzimmer ausbrechen sah. Die klügste setzte sich in eine
5 Ecke, mit dem Rücken gegen das Fenster, und hielt die
Ohren zu. Eine andere kniete vor ihr nieder und verbarg den Kopf in der ersten Schoß. Eine dritte schob
sich zwischen beide hinein und umfaßte ihre Schwesterchen mit tausend Tränen. Einige wollten nach Hause;
10 andere, die noch weniger wußten, was sie taten, hatten
nicht so viel Besinnungskraft, den Keckheiten unserer
jungen Schlucker zu steuern, die sehr beschäftigt zu
sein schienen, alle die ängstlichen Gebete, die dem
Himmel bestimmt waren, von den Lippen der schönen
15 Bedrängten wegzufangen. Einige unserer Herren hatten sich hinabbegeben, um ein Pfeifchen in Ruhe zu
rauchen; und die übrige Gesellschaft schlug es nicht
aus, als die Wirtin auf den klugen Einfall kam, uns
ein Zimmer anzuweisen, das Läden und Vorhänge
20 hätte. Kaum waren wir da angelangt, als Lotte
beschäftigt war, einen Kreis von Stühlen zu stellen, und
als sich die Gesellschaft auf ihre Bitte gesetzt hatte,
den Vortrag zu einem Spiele zu tun.

Ich sah manchen, der in Hoffnung auf ein saftiges
25 Pfand sein Mäulchen spitzte und seine Glieder reckte.
– Wir spielen Zählens, sagte sie. Nun gebt acht! Ich
geh' im Kreise herum von der Rechten zur Linken,
und so zählt ihr auch rings herum, jeder die Zahl, die
an ihn kommt, und das muß gehen wie ein Lauffeuer,
30 und wer stockt oder sich irrt, kriegt eine Ohrfeige,
und so bis tausend. – Nun war das lustig anzusehen.
Sie ging mit ausgestrecktem Arm im Kreise herum.
Eins, fing der erste an, der Nachbar zwei, drei der
folgende und so fort. Dann fing sie an geschwinder
35 zu gehn, immer geschwinder; da versah's einer, patsch!
eine Ohrfeige, und über das Gelächter der folgende

28

auch patsch! Und immer geschwinder. Ich selbst
kriegte zwei Maulschellen und glaubte mit innigem
Vergnügen zu bemerken, daß sie stärker seien, als sie
sie den übrigen zuzumessen pflegte. Ein allgemeines
Gelächter und Geschwärm endigte das Spiel, ehe noch   5
das Tausend ausgezählt war. Die Vertrautesten zogen
einander beiseite, das Gewitter war vorüber, und ich
folgte Lotten in den Saal. Unterwegs sagte sie: Über
die Ohrfeigen haben sie Wetter und alles vergessen!
– Ich konnte ihr nichts antworten. – Ich war, fuhr sie   10
fort, eine der Furchtsamsten, und indem ich mich herz-
haft stellte, um den andern Mut zu geben, bin ich
mutig geworden. – Wir traten ans Fenster. Es donnerte
abseitwärts, und der herrliche Regen säuselte auf
das Land, und der erquickendste Wohlgeruch stieg in   15
aller Fülle einer warmen Luft zu uns auf. Sie stand,
auf ihren Ellenbogen gestützt, ihr Blick durchdrang die
Gegend, sie sah gen Himmel und auf mich, ich sah ihr
Auge tränenvoll, sie legte ihre Hand auf die meinige
und sagte – Klopstock! – Ich erinnerte mich sogleich   20
der herrlichen Ode, die ihr in Gedanken lag, und versank in dem Strome von Empfindungen, den sie in
dieser Losung über mich ausgoß. Ich ertrug's nicht,
neigte mich auf ihre Hand und küßte sie unter den
wonnevollsten Tränen. Und sah nach ihrem Auge   25
wieder – Edler! Hättest Du Deine Vergötterung in
diesem Blicke gesehn, und möcht' ich nun Deinen so
oft entweihten Namen nie wieder nennen hören.

                                        Am 19. Junius

Wo ich neulich mit meiner Erzählung geblieben bin,   30
weiß ich nicht mehr; das weiß ich, daß es zwei Uhr des
Nachts war, als ich zu Bette kam, und daß, wenn ich
Dir hätte vorschwatzen können, statt zu schreiben, ich
Dich vielleicht bis an den Morgen aufgehalten hätte.

                           29

Was auf unserer Hereinfahrt vom Balle geschehen ist, habe ich noch nicht erzählt, habe auch heute keinen Tag dazu.

Es war der herrlichste Sonnenaufgang. Der tröpfelnde Wald und das erfrischte Feld umher! Unsere Gesellschafterinnen nickten ein. Sie fragte mich, ob ich nicht auch von der Partie sein wollte? Ihretwegen sollt' ich unbekümmert sein. – Solange ich diese Augen offen sehe, sagte ich und sah sie fest an, solange hat's keine Gefahr. – Und wir haben beide ausgehalten bis an ihr Tor, da ihr die Magd leise aufmachte und auf ihr Fragen versicherte, daß Vater und Kleine wohl seien und alle noch schliefen. Da verließ ich sie mit der Bitte: sie selbigen Tags noch sehen zu dürfen, sie gestand mir's zu, und ich bin gekommen; und seit der Zeit können Sonne, Mond und Sterne geruhig ihre Wirtschaft treiben, ich weiß weder daß Tag noch daß Nacht ist; und die ganze Welt verliert sich um mich her.

Am 21. Junius

Ich lebe so glückliche Tage, wie sie Gott seinen Heiligen ausspart; und mit mir mag werden was will, so darf ich nicht sagen, daß ich die Freuden, die reinsten Freuden des Lebens nicht genossen habe. – Du kennst mein Wahlheim; dort bin ich völlig etabliert, von da habe ich nur eine halbe Stunde zu Lotten, dort fühl' ich mich selbst und alles Glück, das dem Menschen gegeben ist.

Hätt' ich gedacht, als ich mir Wahlheim zum Zwecke meiner Spaziergänge wählte, daß es so nahe am Himmel läge! Wie oft habe ich das Jagdhaus, das nun alle meine Wünsche einschließt, auf meinen weiten Wanderungen, bald vom Berge, bald von der Ebne über den Fluß, gesehn!

Lieber Wilhelm, ich habe allerlei nachgedacht, über die Begier im Menschen, sich auszubreiten, neue Entdeckungen zu machen, herumzuschweifen; und dann wieder über den inneren Trieb, sich der Einschränkung willig zu ergeben, in dem Gleise der Gewohnheit so hinzufahren und sich weder um rechts noch um links zu bekümmern.

Es ist wunderbar: wie ich hierher kam und vom Hügel in das schöne Tal schaute, wie es mich rings umher anzog. – Dort das Wäldchen! – Ach, könntest Du Dich in seine Schatten mischen! – Dort die Spitze des Berges! – Ach, könntest Du von da die weite Gegend überschauen! – Die ineinandergeketteten Hügel und vertraulichen Täler! – O könnte ich mich in ihnen verlieren! – – Ich eilte hin und kehrte zurück und hatte nicht gefunden, was ich hoffte. Oh, es ist mit der Ferne, wie mit der Zukunft! Ein großes dämmerndes Ganzes ruht vor unserer Seele, unsere Empfindung verschwimmt darin wie unser Auge, und wir sehnen uns, ach! unser ganzes Wesen hinzugeben, uns mit aller Wonne eines einzigen, großen, herrlichen Gefühls ausfüllen zu lassen – Und ach! wenn wir hinzueilen, wenn das Dort nun Hier wird, ist alles vor wie nach, und wir stehen in unserer Armut, in unserer Eingeschränktheit, und unsere Seele lechzt nach entschlüpftem Labsale.

So sehnt sich der unruhigste Vagabund zuletzt wieder nach seinem Vaterlande und findet in seiner Hütte, an der Brust seiner Gattin, in dem Kreise seiner Kinder, in den Geschäften zu ihrer Erhaltung die Wonne, die er in der weiten Welt vergebens suchte.

Wenn ich des Morgens mit Sonnenaufgange hinausgehe nach meinem Wahlheim, und dort im Wirtsgarten mir meine Zuckererbsen selbst pflücke, mich hinsetze, sie abfädne und dazwischen in meinem Homer lese; wenn ich dann in der kleinen Küche mir einen

Topf wähle, mir Butter aussteche, Schoten ans Feuer
stelle, zudecke und mich dazusetze, sie manchmal
umzuschütteln: da fühl' ich so lebhaft wie die übermütigen Freier der Penelope Ochsen und Schweine
5 schlachten, zerlegen und braten. Es ist nichts, das mich
so mit einer stillen, wahren Empfindung ausfüllte als die
Züge patriarchalischen Lebens, die ich, Gott sei Dank,
ohne Affektion in meine Lebensart verweben kann.

Wie wohl ist mir's, daß mein Herz die simple harm-
10 lose Wonne des Menschen fühlen kann, der ein Kraut-
haupt auf seinen Tisch bringt, das er selbst gezogen,
und nun nicht den Kohl allein, sondern all die guten
Tage, den schönen Morgen, da er ihn pflanzte, die
lieblichen Abende, da er ihn begoß, und da er an dem
15 fortschreitenden Wachstum seine Freude hatte, alle in
einem Augenblicke wieder mitgenießt.

Am 29. Junius

Vorgestern kam der Medikus hier aus der Stadt
hinaus zum Amtmann und fand mich auf der Erde
20 unter Lottens Kindern, wie einige auf mir herumkrab-
belten, andere mich neckten, und wie ich sie kitzelte
und ein großes Geschrei mit ihnen erregte. Der Doktor,
der eine sehr dogmatische Drahtpuppe ist, unterm
Reden seine Manschetten in Falten legt und einen
25 Kräusel ohne Ende herauszupft, fand dieses unter der
Würde eines gescheiten Menschen; das merkte ich an
seiner Nase. Ich ließ mich aber in nichts stören, ließ
ihn sehr vernünftige Sachen abhandeln und baute den
Kindern ihre Kartenhäuser wieder, die sie zerschlagen
30 hatten. Auch ging er darauf in der Stadt herum und
beklagte: des Amtmanns Kinder wären so schon unge-
zogen genug, der Werther verderbe sie nun völlig.

Ja, lieber Wilhelm, meinem Herzen sind die Kinder
am nächsten auf der Erde. Wenn ich ihnen zusehe und

in dem kleinen Dinge die Keime aller Tugenden, aller
Kräfte sehe, die sie einmal so nötig brauchen werden;
wenn ich in dem Eigensinne künftige Standhaftigkeit
und Festigkeit des Charakters, in dem Mutwillen
guten Humor und Leichtigkeit, über die Gefahren der 5
Welt hinzuschlüpfen, erblicke, alles so unverdorben,
so ganz! – immer, immer wiederhole ich dann die
goldenen Worte des Lehrers der Menschen: Wenn ihr
nicht werdet wie eines von diesen! Und nun, mein
Bester, sie, die unseresgleichen sind, die wir als unsere 10
Muster ansehen sollten, behandeln wir als Unter-
tanen. Sie sollen keinen Willen haben! – Haben wir
denn keinen? Und wo liegt das Vorrecht? – Weil wir
älter sind und gescheiter! – Guter Gott von deinem
Himmel, alte Kinder siehst du und junge Kinder und 15
nichts weiter; und an welchen du mehr Freude hast, das
hat dein Sohn schon lange verkündigt. Aber sie glauben an ihn und hören ihn nicht, – das ist auch was
Altes! – und bilden ihre Kinder nach sich und –
Adieu, Wilhelm! Ich mag darüber nicht weiter 20
radotieren.

Am 1. Julius

Was Lotte einem Kranken sein muß, fühl' ich an
meinem eigenen armen Herzen, das übler dran ist als
manches, das auf dem Siechbette verschmachtet. Sie 25
wird einige Tage in der Stadt bei einer rechtschaffnen
Frau zubringen, die sich nach der Aussage der Ärzte
ihrem Ende naht und in diesen letzten Augenblicken
Lotten um sich haben will. Ich war vorige Woche mit
ihr den Pfarrer von St. . . zu besuchen; ein Örtchen, 30
das eine Stunde seitwärts im Gebirge liegt. Wir kamen
gegen vier dahin. Lotte hatte ihre zweite Schwester
mitgenommen. Als wir in den mit zwei hohen Nuß-
bäumen überschatteten Pfarrhof traten, saß der gute

alte Mann auf einer Bank vor der Haustür, und da er
Lotten sah, ward er wie neu belebt, vergaß seinen
Knotenstock und wagte sich auf, ihr entgegen. Sie lief
hin zu ihm, nötigte ihn, sich niederzulassen, indem sie
5 sich zu ihm setzte, brachte viele Grüße von ihrem
Vater, herzte seinen garstigen, schmutzigen, jüngsten
Buben, das Quakelchen seines Alters. Du hättest sie
sehen sollen, wie sie den Alten beschäftigte, wie sie
ihre Stimme erhob, um seinen halb tauben Ohren ver-
10 nehmlich zu werden, wie sie ihm von jungen robusten
Leuten erzählte, die unvermutet gestorben wären, von
der Vortrefflichkeit des Karlsbades, und wie sie seinen
Entschluß lobte, künftigen Sommer hinzugehen, wie
sie fand, daß er viel besser aussähe, viel munterer sei
15 als das letztemal, da sie ihn gesehn. – Ich hatte indes
der Frau Pfarrerin meine Höflichkeiten gemacht. Der
Alte wurde ganz munter, und da ich nicht umhin
konnte, die schönen Nußbäume zu loben, die uns so
lieblich beschatteten, fing er an, uns, wiewohl mit
20 einiger Beschwerlichkeit, die Geschichte davon zu
geben. – Den alten, sagte er, wissen wir nicht, wer
den gepflanzt hat: einige sagen dieser, andere jener
Pfarrer. Der jüngere aber dort hinten ist so alt als
meine Frau, im Oktober fünfzig Jahr. Ihr Vater
25 pflanzte ihn des Morgens, als sie gegen Abend geboren
wurde. Er war mein Vorfahr im Amt, und wie lieb ihm
der Baum war, ist nicht zu sagen; mir ist er's gewiß
nicht weniger. Meine Frau saß darunter auf einem
Balken und strickte, da ich vor siebenundzwanzig Jah-
30 ren als ein armer Student zum ersten Male hier in den
Hof kam. – Lotte fragte nach seiner Tochter: es hieß,
sie sei mit Herrn Schmidt auf die Wiese hinaus zu
den Arbeitern, und der Alte fuhr in seiner Erzählung
fort: wie sein Vorfahr ihn lieb gewonnen und die
35 Tochter dazu, und wie er erst sein Vikar und dann
sein Nachfolger geworden. Die Geschichte war nicht

34

lange zu Ende, als die Jungfer Pfarrerin mit dem sogenannten Herrn Schmidt durch den Garten herkam:
sie bewillkommte Lotten mit herzlicher Wärme, und
ich muß sagen, sie gefiel mir nicht übel; eine rasche,
wohlgewachsene Brünette, die einen die kurze Zeit   5
über auf dem Lande wohl unterhalten hätte. Ihr Lieb-
haber (denn als solchen stellte sich Herr Schmidt gleich
dar), ein feiner, doch stiller Mensch, der sich nicht in
unsere Gespräche mischen wollte, ob ihn gleich Lotte
immer hereinzog. Was mich am meisten betrübte, war   10
daß ich an seinen Gesichtszügen zu bemerken schien, es
sei mehr Eigensinn und übler Humor als Eingeschränktheit des Verstandes, der ihn sich mitzuteilen hinderte.
In der Folge war dies leider nur zu deutlich; denn als
Friederike beim Spazierengehen mit Lotten und gele-   15
gentlich auch mit mir ging, wurde des Herrn Angesicht,
das ohnedies einer bräunlichen Farbe war, so sichtlich
verdunkelt, daß es Zeit war, daß Lotte mich beim
Ärmel zupfte und mir zu verstehn gab, daß ich mit
Friederiken zu artig getan. Nun verdrießt mich nichts 20
mehr, als wenn die Menschen einander plagen, am
meisten, wenn junge Leute in der Blüte des Lebens,
da sie am offensten für alle Freuden sein könnten,
einander die paar guten Tage mit Fratzen verderben
und nur erst zu spät das Unersetzliche ihrer Ver-   25
schwendung einsehen. Mich wurmte das, und ich
konnte nicht umhin, da wir gegen Abend in den Pfarrhof zurückkehrten und an einem Tische Milch aßen
und das Gespräch auf Freude und Leid der Welt sich
wendete, den Faden zu ergreifen und recht herzlich   30
gegen die üble Laune zu reden. – Wir Menschen
beklagen uns oft, fing ich an, daß der guten Tage so
wenig sind und der schlimmen so viel, und wie mich
dünkt, meist mit Unrecht. Wenn wir immer ein offenes
Herz hätten, das Gute zu genießen, das uns Gott für   35
jeden Tag bereitet, wir würden alsdann auch Kraft

35

genug haben, das Übel zu tragen, wenn es kommt. – Wir haben aber unser Gemüt nicht in unserer Gewalt, versetzte die Pfarrerin: wie viel hängt vom Körper ab; wenn einem nicht wohl ist, ist's einem überall
5 nicht recht. – Ich gestand ihr das ein. – Wir wollen es also, fuhr ich fort, als eine Krankheit ansehen und fragen, ob dafür kein Mittel ist? – Das läßt sich hören, sagte Lotte, ich glaube wenigstens, daß viel von uns abhängt. Ich weiß es an mir. Wenn mich
10 etwas neckt und mich verdrießlich machen will, spring' ich auf und sing' ein paar Kontretänze den Garten auf und ab, gleich ist's weg. – Das war's, was ich sagen wollte, versetzte ich: es ist mit der üblen Laune völlig wie mit der Trägheit, denn es ist eine Art von Träg-
15 heit. Unsere Natur hängt sehr dahin, und doch, wenn wir nur einmal die Kraft haben, uns zu ermannen, geht uns die Arbeit frisch von der Hand, und wir finden in der Tätigkeit ein wahres Vergnügen. – Friederike war sehr aufmerksam, und der junge Mensch wandte mir
20 ein: daß man nicht Herr über sich selbst sei, und am wenigsten über seine Empfindungen gebieten könne. – Es ist hier die Frage von einer unangenehmen Emp- findung, versetzte ich, die doch jedermann gerne los ist; und niemand weiß, wie weit seine Kräfte gehen,
25 bis er sie versucht hat. Gewiß, wer krank ist, wird bei allen Ärzten herumfragen, und die größten Resigna- tionen, die bittersten Arzneien wird er nicht abweisen, um seine gewünschte Gesundheit zu erhalten. – Ich bemerkte, daß der ehrliche Alte sein Gehör anstrengte,
30 um an unserm Diskurse teilzunehmen, ich erhob die Stimme, indem ich die Rede gegen ihn wandte: Man predigt gegen so viele Laster, sagte ich: ich habe noch nie gehört, daß man gegen die üble Laune vom Predigt- stuhle gearbeitet hätte[1]. – Das müssen die Stadt-

35 [1] Wir haben nun von Lavatern eine treffliche Predigt hierüber, unter denen über das Buch Jonas.

pfarrer tun, sagte er, die Bauern haben keinen bösen
Humor; doch könnte es auch zuweilen nicht schaden,
es wäre eine Lektion für seine Frau wenigstens und
für den Herrn Amtmann. – Die Gesellschaft lachte
und er herzlich mit, bis er in einen Husten verfiel, der 5
unsern Diskurs eine Zeitlang unterbrach; darauf denn
der junge Mensch wieder das Wort nahm: Sie nannten
den bösen Humor ein Laster; mich deucht, das ist
übertrieben. – Mitnichten, gab ich zur Antwort, wenn
das, womit man sich selbst und seinem Nächsten scha- 10
det, diesen Namen verdient. Ist es nicht genug, daß
wir einander nicht glücklich machen können, müssen
wir auch noch einander das Vergnügen rauben, das
jedes Herz sich noch manchmal selbst gewähren kann?
Und nennen Sie mir den Menschen, der übler Laune 15
ist und so brav dabei, sie zu verbergen, sie allein zu
tragen, ohne die Freude um sich her zu zerstören!
Oder ist sie nicht vielmehr ein innerer Unmut über
unsere eigene Unwürdigkeit, ein Mißfallen an uns
selbst, das immer mit einem Neide verknüpft ist, der 20
durch eine törichte Eitelkeit aufgehetzt wird? Wir
sehen glückliche Menschen, die wir nicht glücklich
machen, und das ist unerträglich. – Lotte lächelte mich
an, da sie die Bewegung sah, mit der ich redete, und
eine Träne in Friederikens Auge spornte mich fortzu- 25
fahren. – Wehe denen, sagte ich, die sich der Gewalt
bedienen, die sie über ein Herz haben, um ihm die
einfachen Freuden zu rauben, die aus ihm selbst hervor-
keimen. Alle Geschenke, alle Gefälligkeiten der Welt
ersetzen nicht einen Augenblick Vergnügen an sich 30
selbst, den uns eine neidische Unbehaglichkeit unsers
Tyrannen vergällt hat.

Mein ganzes Herz war voll in diesem Augenblicke;
die Erinnerung so manches Vergangenen drängte sich
an meine Seele, und die Tränen kamen mir in die 35
Augen.

Wer sich das nur täglich sagte, rief ich aus: du vermagst nichts auf deine Freunde, als ihnen ihre Freuden
zu lassen und ihr Glück zu vermehren, indem du
es mit ihnen genießest. Vermagst du, wenn ihre
innere Seele von einer ängstigenden Leidenschaft
gequält, vom Kummer zerrüttet ist, ihnen einen
Tropfen Linderung zu geben?

Und wenn die letzte bangste Krankheit dann über
das Geschöpf herfällt, das du in blühenden Tagen
untergraben hast, und sie nun daliegt in dem erbärm-
lichen Ermatten, das Auge gefühllos gen Himmel
sieht, der Todesschweiß auf der blassen Stirne abwech-
selt und du vor dem Bette stehst wie ein Verdammter,
in dem innigsten Gefühl, daß du nichts vermagst
mit deinem ganzen Vermögen, und die Angst dich
inwendig krampft, daß du alles hingeben möchtest,
dem untergehenden Geschöpfe einen Tropfen Stär-
kung, einen Funken Mut einflößen zu können.

Die Erinnerung einer solchen Szene, wobei ich
gegenwärtig war, fiel mit ganzer Gewalt bei diesen
Worten über mich. Ich nahm das Schnupftuch vor die
Augen und verließ die Gesellschaft, und nur Lottens
Stimme, die mir rief, wir wollten fort, brachte mich zu
mir selbst. Und wie sie mich auf dem Wege schalt
über den zu warmen Anteil an allem, und daß ich
drüber zugrunde gehen würde! daß ich mich schonen
sollte! – Oh, der Engel! Um deinetwillen muß ich
leben!

Am 6. Julius

Sie ist immer um ihre sterbende Freundin und ist
immer dieselbe, immer das gegenwärtige, holde
Geschöpf, das, wo sie hinsieht, Schmerzen lindert und
Glückliche macht. Sie ging gestern abend mit Marian-
nen und dem kleinen Malchen spazieren, ich wußte es

und traf sie an, und wir gingen zusammen. Nach einem Wege von anderthalb Stunden kamen wir gegen die Stadt zurück, an den Brunnen, der mir so wert und nun tausendmal werter ist. Lotte setzte sich aufs Mäuerchen, wir standen vor ihr. Ich sah umher, ach, und die Zeit, da mein Herz so allein war, lebte wieder vor mir auf. – Lieber Brunnen, sagte ich, seither hab' ich nicht mehr an deiner Kühle geruht, hab' in eilendem Vorübergehn dich manchmal nicht angesehn. – Ich blickte hinab und sah, daß Malchen mit einem Glase Wasser sehr beschäftigt heraufstieg. – Ich sah Lotten an und fühlte alles, was ich an ihr habe. Indem kommt Malchen mit einem Glase. Marianne wollt' es ihr abnehmen. – Nein! rief das Kind mit dem süßesten Ausdrucke, nein, Lottchen, du sollst zuerst trinken! – Ich ward über die Wahrheit, über die Güte, womit sie das ausrief, so entzückt, daß ich meine Empfindung mit nichts ausdrücken konnte, als ich nahm das Kind von der Erde und küßte es lebhaft, das sogleich zu schreien und zu weinen anfing. – Sie haben übel getan, sagte Lotte. – Ich war betroffen. – Komm, Malchen, fuhr sie fort, indem sie es bei der Hand nahm und die Stufen hinabführte, da wasche dich aus der frischen Quelle geschwind, geschwind, da tut's nichts. – Wie ich so dastand und zusah, mit welcher Emsigkeit das Kleine mit seinen nassen Händchen die Backen rieb, mit welchem Glauben, daß durch die Wunderquelle alle Verunreinigung abgespült und die Schmach abgetan würde, einen häßlichen Bart zu kriegen; wie Lotte sagte, es ist genug, und das Kind doch immer eifrig fortwusch, als wenn viel mehr täte als wenig. – Ich sage Dir, Wilhelm, ich habe mit mehr Respekt nie einer Taufhandlung beigewohnt – und als Lotte heraufkam, hätte ich mich gern vor ihr niedergeworfen wie vor einem Propheten, der die Schulden einer Nation weggeweiht hat.

Des Abends konnte ich nicht umhin, in der Freude
meines Herzens den Vorfall einem Manne zu erzählen,
dem ich Menschensinn zutraute, weil er Verstand
hat; aber wie kam ich an! Er sagte, das sei sehr übel
5 von Lotten gewesen; man solle die Kinder nichts weis-
machen; dergleichen gebe zu unzähligen Irrtümern
und Aberglauben Anlaß, wovor man die Kinder früh-
zeitig bewahren müsse. – Nun fiel mir ein, daß der
Mann vor acht Tagen hatte taufen lassen, drum ließ
10 ich's vorbeigehen und blieb in meinem Herzen der
Wahrheit getreu: Wir sollen es mit den Kindern
machen wie Gott mit uns, der uns am glücklichsten
macht, wenn er uns in freundlichem Wahne so hin-
taumeln läßt.

15   Am 8. Julius

Was man ein Kind ist! Was man nach so einem
Blicke geizt! Was man ein Kind ist! – Wir waren nach
Wahlheim gegangen. Die Frauenzimmer fuhren hinaus, und während unserer Spaziergänge glaubte ich in
20 Lottens schwarzen Augen – ich bin ein Tor, verzeih
mir's! Du solltest sie sehen, diese Augen. – Daß ich
kurz bin (denn die Augen fallen mir zu vor Schlaf),
siehe, die Frauenzimmer stiegen ein, da standen um
die Kutsche der junge W . . ., Selstadt und Audran und
25 ich. Da ward aus dem Schlage geplaudert mit den
Kerlchen, die freilich leicht und lüftig genug waren. –
Ich suchte Lottens Augen; ach, sie gingen von einem
zum andern! Aber auf mich! mich! mich!, der ganz
allein auf sie resigniert dastand, fielen sie nicht! –
30 Mein Herz sagte ihr tausend Adieu! Und sie sah mich
nicht! Die Kutsche fuhr vorbei, und eine Träne stand
mir im Auge. Ich sah ihr nach und sah Lottens Kopf-
putz sich zum Schlage herauslehnen, und sie wandte
sich um zu sehen, ach! nach mir? – Lieber! In dieser

40

Ungewißheit schwebe ich; das ist mein Trost: vielleicht
hat sie sich nach mir umgesehen! Vielleicht! – Gute
Nacht! Oh, was ich ein Kind bin!

Am 10. Julius

Die alberne Figur, die ich mache, wenn in Gesell-   5
schaft von ihr gesprochen wird, solltest Du sehen!
Wenn man mich nun gar fragt, wie sie mir gefällt? –
Gefällt! das Wort hasse ich auf den Tod. Was muß
das für ein Mensch sein, dem Lotte gefällt, dem sie
nicht alle Sinne, alle Empfindungen ausfüllt! Gefällt!   10
Neulich fragte mich einer, wie mir Ossian gefiele!

Am 11. Julius

Frau M . . . ist sehr schlecht; ich bete für ihr Leben,
weil ich mit Lotten dulde. Ich sehe sie selten bei meiner
Freundin, und heute hat sie mir einen wunderbaren   15
Vorfall erzählt. – Der alte M . . . ist ein geiziger
rangiger Filz, der seine Frau im Leben was rechts
geplagt und eingeschränkt hat; doch hat sich die Frau
immer durchzuhelfen gewußt. Vor wenigen Tagen,
als der Arzt ihr das Leben abgesprochen hatte, ließ sie   20
ihren Mann kommen (Lotte war im Zimmer) und
redete ihn also an: Ich muß dir eine Sache gestehen,
die nach meinem Tode Verwirrung und Verdruß
machen könnte. Ich habe bisher die Haushaltung
geführt, so ordentlich und sparsam als möglich: allein   25
du wirst mir verzeihen, daß ich dich diese dreißig Jahre
her hintergangen habe. Du bestimmtest im Anfange
unserer Heirat ein Geringes für die Bestreitung der
Küche und anderer häuslicher Ausgaben. Als unsere
Haushaltung stärker wurde, unser Gewerbe größer,   30
warst du nicht zu bewegen, mein Wochengeld nach

dem Verhältnisse zu vermehren; kurz, du weißt, daß du
in den Zeiten, da sie am größten war, verlangtest, ich
solle mit sieben Gulden die Woche auskommen. Die
habe ich denn ohne Widerrede genommen und mir den
5 Überschuß wöchentlich aus der Losung geholt, da
niemand vermutete, daß die Frau die Kasse bestehlen
würde. Ich habe nichts verschwendet und wäre auch,
ohne es zu bekennen, getrost der Ewigkeit entgegen-
gegangen, wenn nicht diejenige, die nach mir das
10 Hauswesen zu führen hat, sich nicht zu helfen wissen
würde und du doch immer darauf bestehen könntest,
deine erste Frau sei damit ausgekommen.

Ich redete mit Lotten über die unglaubliche Verblendung des Menschensinns, daß einer nicht arg-
15 wöhnen soll, dahinter müsse was anders stecken, wenn
eins mit sieben Gulden hinreicht, wo man den Auf-
wand vielleicht um zweimal so viel sieht. Aber ich
habe selbst Leute gekannt, die des Propheten ewiges
Ölkrüglein ohne Verwunderung in ihrem Hause ange-
20 nommen hätten.

Am 13. Julius

Nein, ich betrüge mich nicht! Ich lese in ihren
schwarzen Augen wahre Teilnehmung an mir und
meinem Schicksal. Ja ich fühle, und darin darf ich
25 meinem Herzen trauen, daß sie – o darf ich, kann ich
den Himmel in diesen Worten aussprechen? – daß sie
mich liebt!

Mich liebt! – Und wie wert ich mir selbst werde, wie
ich – Dir darf ich's wohl sagen, Du hast Sinn für so et-
30 was – wie ich mich selbst anbete, seitdem sie mich liebt!

Ob das Vermessenheit ist oder Gefühl des wahren
Verhältnisses? – Ich kenne den Menschen nicht, von
dem ich etwas in Lottens Herzen fürchtete. Und doch
– wenn sie von ihrem Bräutigam spricht, mit solcher

Wärme, solcher Liebe von ihm spricht – da ist mir's wie einem, der aller seiner Ehren und Würden entsetzt und dem der Degen genommen wird.

Am 16. Julius

Ach, wie mir das durch alle Adern läuft, wenn mein Finger unversehens den ihrigen berührt, wenn unsere Füße sich unter dem Tische begegnen! Ich ziehe zurück wie vom Feuer, und eine geheime Kraft zieht mich wieder vorwärts – mir wird's so schwindelig vor allen Sinnen. – Oh, und ihre Unschuld, ihre unbefangene Seele fühlt nicht, wie sehr mich die kleinen Vertraulichkeiten peinigen. Wenn sie gar im Gespräch ihre Hand auf die meinige legt und im Interesse der Unterredung näher zu mir rückt, daß der himmlische Atem ihres Mundes meine Lippen erreichen kann –: ich glaube zu versinken, wie vom Wetter gerührt. – Und, Wilhelm! wenn ich mich jemals unterstehe, diesen Himmel, dieses Vertrauen –! Du verstehst mich. Nein, mein Herz ist so verderbt nicht! Schwach! schwach genug! – Und ist das nicht Verderben? –

Sie ist mir heilig. Alle Begier schweigt in ihrer Gegenwart. Ich weiß nie, wie mir ist, wenn ich bei ihr bin; es ist, als wenn die Seele sich mir in allen Nerven umkehrte. – Sie hat eine Melodie, die sie auf dem Klavier spielet mit der Kraft eines Engels, so simpel und so geistvoll! Es ist ihr Leiblied, und mich stellt es von aller Pein, Verwirrung und Grillen her, wenn sie nur die erste Note davon greift.

Kein Wort von der alten Zauberkraft der Musik ist mir unwahrscheinlich. Wie mich der einfache Gesang angreift! Und wie sie ihn anzubringen weiß, oft zur Zeit, wo ich mir eine Kugel vor den Kopf schießen möchte! Die Irrung und Finsternis meiner Seele zerstreut sich, und ich atme wieder freier.

Wilhelm, was ist unserem Herzen die Welt ohne Liebe! Was eine Zauberlaterne ist ohne Licht! Kaum bringst du das Lämpchen hinein, so scheinen dir die buntesten Bilder an deine weiße Wand! Und wenn's nichts wäre als das, als vorübergehende Phantome, so macht's doch immer unser Glück, wenn wir wie frische Jungen davor stehen und uns über die Wundererscheinungen entzücken. Heute konnte ich nicht zu Lotten, eine unvermeidliche Gesellschaft hielt mich ab. Was war zu tun? Ich schickte meinen Diener hinaus, nur um einen Menschen um mich zu haben, der ihr heute nahegekommen wäre. Mit welcher Ungeduld ich ihn erwartete, mit welcher Freude ich ihn wieder sah! Ich hätte ihn gern beim Kopf genommen und geküßt, wenn ich mich nicht geschämt hätte.

Man erzählt von dem Bononischen Steine, daß er, wenn man ihn in die Sonne legt, ihre Strahlen anzieht und eine Weile bei Nacht leuchtet. So war mir's mit dem Burschen. Das Gefühl, daß ihre Augen auf seinem Gesichte, seinen Backen, seinen Rockknöpfen und dem Kragen am Surtout geruht hatten, machte mir das alles so heilig, so wert! Ich hätte in dem Augenblick den Jungen nicht um tausend Taler gegeben. Es war mir so wohl in seiner Gegenwart. – Bewahre Dich Gott, daß Du darüber lachest. Wilhelm, sind das Phantome, wenn es uns wohl ist?

Den 19. Julius

Ich werde sie sehen! ruf' ich morgens aus, wenn ich mich ermuntere und mit aller Heiterkeit der schönen Sonne entgegenblicke; ich werde sie sehen! Und da habe ich für den ganzen Tag keinen Wunsch weiter. Alles, alles verschlingt sich in dieser Aussicht.

Eure Idee will noch nicht die meinige werden, daß ich mit dem Gesandten nach ★ ★ ★ gehen soll. Ich liebe die Subordination nicht sehr, und wir wissen alle, daß der Mann noch dazu ein widriger Mensch ist. Meine Mutter möchte mich gern in Aktivität haben, sagst Du: das hat mich zu lachen gemacht. Bin ich jetzt nicht auch aktiv? und ist's im Grunde nicht einerlei, ob ich Erbsen zähle oder Linsen? Alles in der Welt läuft doch auf eine Lumperei hinaus, und ein Mensch, der um anderer willen, ohne daß es seine eigene Leidenschaft, sein eigenes Bedürfnis ist, sich um Geld oder Ehre oder sonst was abarbeitet, ist immer ein Tor.

Am 24. Julius

Da Dir so sehr daran gelegen ist, daß ich mein Zeichnen nicht vernachlässige, möchte ich lieber die ganze Sache übergehen, als Dir sagen, daß zeither wenig getan wird.

Noch nie war ich glücklicher, noch nie war meine Empfindung an der Natur, bis aufs Steinchen, aufs Gräschen herunter, voller und inniger, und doch – Ich weiß nicht, wie ich mich ausdrücken soll, meine vorstellende Kraft ist so schwach, alles schwimmt und schwankt so vor meiner Seele, daß ich keinen Umriß packen kann; aber ich bilde mir ein, wenn ich Ton hätte oder Wachs, so wollte ich's wohl herausbilden. Ich werde auch Ton nehmen, wenn's länger währt, und kneten, und sollten's Kuchen werden!

Lottens Porträt habe ich dreimal angefangen und habe mich dreimal prostituiert; das mich um so mehr verdrießt, weil ich vor einiger Zeit sehr glücklich im Treffen war. Darauf habe ich denn ihren Schattenriß gemacht und damit soll mir genügen.

Am 26. Julius

Ja, liebe Lotte, ich will alles besorgen und bestellen;
geben Sie mir nur mehr Aufträge, nur recht oft. Um
eins bitte ich Sie: keinen Sand mehr auf die Zettelchen,
die Sie mir schreiben. Heute führte ich es schnell nach
der Lippe, und die Zähne knisterten mir.

Am 26. Julius

Ich habe mir schon manchmal vorgenommen, sie
nicht so oft zu sehn. Ja, wer das halten könnte! Alle
Tage unterliege ich der Versuchung und verspreche mir
heilig: morgen willst du einmal wegbleiben, und wenn
der Morgen kommt, finde ich doch wieder eine
unwiderstehliche Ursache, und ehe ich mich's versehe,
bin ich bei ihr. Entweder sie hat des Abends gesagt:
Sie kommen doch morgen? – wer könnte da wegbleiben? – oder sie gibt mir einen Auftrag, und ich finde
schicklich, ihr selbst die Antwort zu bringen; oder der
Tag ist gar zu schön, ich gehe nach Wahlheim, und
wenn ich nun da bin, ist's nur noch eine halbe Stunde
zu ihr! – Ich bin zu nah in der Atmosphäre – Zuck!
so bin ich dort. Meine Großmutter hatte ein Märchen
vom Magnetenberg: die Schiffe, die zu nahe kamen,
wurden auf einmal alles Eisenwerks beraubt, die Nägel
flogen dem Berge zu, und die armen Elenden
scheiterten zwischen den übereinander stürzenden
Brettern.

Am 30. Julius

Albert ist angekommen, und ich werde gehen; und
wenn er der beste, der edelste Mensch wäre, unter den
ich mich in jeder Betrachtung zu stellen bereit wäre,
so wär's unerträglich, ihn vor meinem Angesicht im

46

Besitz so vieler Vollkommenheiten zu sehen. – Besitz!
– Genug, Wilhelm, der Bräutigam ist da! Ein braver
lieber Mann, dem man gut sein muß. Glücklicherweise
war ich nicht beim Empfange! Das hätte mir das Herz
zerrissen. Auch ist er so ehrlich und hat Lotten in
meiner Gegenwart noch nicht ein einzigmal geküßt.
Das lohn' ihm Gott! Um des Respekts willen, den er
vor dem Mädchen hat, muß ich ihn lieben. Er will mir
wohl, und ich vermute, das ist Lottens Werk mehr
als seiner eigenen Empfindung: denn darin sind die
Weiber fein und haben recht; wenn sie zwei Verehrer
in gutem Vernehmen miteinander erhalten können, ist
der Vorteil immer ihr, so selten es auch angeht.

Indes kann ich Alberten meine Achtung nicht versagen. Seine gelassene Außenseite sticht gegen die
Unruhe meines Charakters sehr lebhaft ab, die sich
nicht verbergen läßt. Er hat viel Gefühl und weiß, was
er an Lotten hat. Er scheint wenig üble Laune zu haben,
und Du weißt, das ist die Sünde, die ich ärger hasse am
Menschen als alle andern.

Er hält mich für einen Menschen von Sinn; und
meine Anhänglichkeit an Lotten, meine warme Freude,
die ich an allen ihren Handlungen habe, vermehrt
seinen Triumph, und er liebt sie nur desto mehr. Ob er
sie nicht manchmal mit kleiner Eifersüchtelei peinigt,
das lasse ich dahingestellt sein, wenigstens würd' ich
an seinem Platze nicht ganz sicher vor diesem Teufel
bleiben.

Dem sei nun wie ihm wolle! Meine Freude, bei
Lotten zu sein, ist hin. Soll ich das Torheit nennen
oder Verblendung? – Was braucht's Namen! Erzählt
die Sache an sich! – Ich wußte alles, was ich jetzt weiß,
ehe Albert kam; ich wußte, daß ich keine Prätension
auf sie zu machen hatte, machte auch keine – das
heißt, insofern es möglich ist, bei so viel Liebenswürdigkeit nicht zu begehren. – Und jetzt macht der

Fratze große Augen, da der andre nun wirklich kommt und ihm das Mädchen wegnimmt.

Ich beiße die Zähne aufeinander und spotte über mein Elend und spottete derer doppelt und dreifach, die sagen könnten, ich sollte mich resignieren, und weil es nun einmal nicht anders sein könnte. – Schafft mir diese Strohmänner vom Halse! – Ich laufe in den Wäldern herum, und wenn ich zu Lotten komme und Albert bei ihr sitzt im Gärtchen unter der Laube und ich nicht weiter kann, so bin ich ausgelassen närrisch und fange viel Possen, viel verwirrtes Zeug an. – Um Gottes willen, sagte mir Lotte heut', ich bitte Sie, keine Szene wie die von gestern abend! Sie sind fürchterlich, wenn Sie so lustig sind. – Unter uns, ich passe die Zeit ab, wenn er zu tun hat; wutsch! bin ich drauß, und da ist mir's immer wohl, wenn ich sie allein finde.

Am 8. August

Ich bitte Dich, lieber Wilhelm, es war gewiß nicht auf Dich geredet, wenn ich die Menschen unerträglich schalt, die von uns Ergebung in unvermeidliche Schicksale fordern. Ich dachte wahrlich nicht daran, daß Du von ähnlicher Meinung sein könntest. Und im Grunde hast Du recht. Nur eins, mein Bester, in der Welt ist es sehr selten mit dem Entweder – Oder getan; die Empfindungen und Handlungsweisen schattieren sich so mannigfaltig, als Abfälle zwischen einer Habichts- und Stumpfnase sind.

Du wirst mir also nicht übel nehmen, wenn ich Dir Dein ganzes Argument einräume, und mich doch zwischen dem Entweder – Oder durchzustehlen suche.

Entweder, sagst Du, hast du Hoffnung auf Lotten, oder du hast keine. Gut, im ersten Falle suche sie durchzutreiben, suche die Erfüllung deiner Wünsche zu umfassen: im anderen Fall ermanne dich und suche einer elenden Empfindung loszuwerden, die alle deine Kräfte verzehren muß. – Bester! das ist wohl gesagt, und – bald gesagt.

Und kannst Du von dem Unglücklichen, dessen Leben unter einer schleichenden Krankheit unaufhaltsam allmählich abstirbt, kannst Du von ihm verlangen, er solle durch einen Dolchstoß der Qual auf einmal ein Ende machen? Und raubt das Übel, das ihm die Kräfte verzehrt, ihm nicht auch zugleich den Mut, sich davon zu befreien?

Zwar könntest Du mir mit einem verwandten Gleichnisse antworten: Wer ließe sich nicht lieber den Arm abnehmen, als daß er durch Zaudern und Zagen sein Leben aufs Spiel setzte? – Ich weiß nicht! – und wir wollen uns nicht in Gleichnissen herumbeißen. Genug – Ja, Wilhelm, ich habe manchmal so einen Augenblick aufspringenden, abschüttelnden Muts, und da – wenn ich nur wüßte wohin? ich ginge wohl.

Abends

Mein Tagebuch, das ich seit einiger Zeit vernachlässiget, fiel mir heut' wieder in die Hände, und ich bin erstaunt, wie ich so wissentlich in das alles, Schritt vor Schritt, hineingegangen bin! Wie ich über meinen Zustand immer so klar gesehen und doch gehandelt habe wie ein Kind, jetzt noch so klar sehe und es noch keinen Anschein zur Besserung hat.

Am 10. August

Ich könnte das beste, glücklichste Leben führen, wenn ich nicht ein Tor wäre. So schöne Umstände vereinigen sich nicht leicht, eines Menschen Seele zu

ergetzen, als die sind, in denen ich mich jetzt befinde.
Ach so gewiß ist's, daß unser Herz allein sein Glück
macht. – Ein Glied der liebenswürdigen Familie zu
sein, von dem Alten geliebt zu werden wie ein Sohn,
5 von den Kleinen wie ein Vater und von Lotten! –
dann der ehrliche Albert, der durch keine launische
Unart mein Glück stört; der mich mit herzlicher
Freundschaft umfaßt; dem ich nach Lotten das Liebste
auf der Welt bin! – Wilhelm, es ist eine Freude, uns zu
10 hören, wenn wir spazierengehen und uns einander von
Lotten unterhalten: es ist in der Welt nichts Lächer-
lichers erfunden worden als dieses Verhältnis, und doch
kommen mir oft darüber die Tränen in die Augen.
   Wenn er mir von ihrer rechtschaffenen Mutter er-
15 zählt: wie sie auf ihrem Todbette Lotten ihr Haus und
ihre Kinder übergeben und ihm Lotten anbefohlen
habe, wie seit der Zeit ein ganz anderer Geist Lotten
belebt habe, wie sie, in der Sorge für ihre Wirtschaft
und in dem Ernste, eine wahre Mutter geworden, wie
20 kein Augenblick ihrer Zeit ohne tätige Liebe, ohne
Arbeit verstrichen, und dennoch ihre Munterkeit, ihr
leichter Sinn sie nie dabei verlassen habe. – Ich gehe
so neben ihm hin und pflücke Blumen am Wege, füge
sie sehr sorgfältig in einen Strauß und – werfe sie in
25 den vorüberfließenden Strom und sehe ihnen nach, wie
sie leise hinunterwallen. – Ich weiß nicht, ob ich Dir
geschrieben habe, daß Albert hierbleiben und ein Amt
mit einem artigen Auskommen vom Hofe erhalten
wird, wo er sehr beliebt ist. In Ordnung und Emsig-
30 keit in Geschäften habe ich wenig seinesgleichen
gesehen.

Am 12. August

Gewiß, Albert ist der beste Mensch unter dem Himmel. Ich habe gestern eine wunderbare Szene mit ihm

gehabt. Ich kam zu ihm, um Abschied von ihm zu nehmen; denn mich wandelte die Lust an, ins Gebirge zu reiten, von woher ich Dir auch jetzt schreibe, und wie ich in der Stube auf und ab gehe, fallen mir seine Pistolen in die Augen. – Borge mir die Pistolen, sagte 5 ich, zu meiner Reise. – Meinetwegen, sagte er, wenn du dir die Mühe nehmen willst, sie zu laden; bei mir hängen sie nur pro forma. – Ich nahm eine herunter, und er fuhr fort: Seit mir meine Vorsicht einen so unartigen Streich gespielt hat, mag ich mit dem Zeuge 10 nichts mehr zu tun haben. – Ich war neugierig, die Geschichte zu wissen. – Ich hielt mich, erzählte er, wohl ein Vierteljahr auf dem Lande bei einem Freunde auf, hatte ein paar Terzerolen, ungeladen, und schlief ruhig. Einmal an einem regnerischen Nachmittage, da 15 ich müßig sitze, weiß ich nicht, wie mir einfällt: wir könnten überfallen werden, wir könnten die Terzerolen nötig haben und könnten – du weißt ja, wie das ist. – Ich gab sie dem Bedienten, sie zu putzen und zu laden; und der dahlt mit den Mädchen, will sie er- 20 schrecken, und Gott weiß wie, das Gewehr geht los. da der Ladstock noch drinsteckt, und schießt den Lad- stock einem Mädchen zur Maus herein an der rechten Hand und zerschlägt ihr den Daumen. Da hatte ich das Lamentieren und die Kur zu bezahlen obendrein, 25 und seit der Zeit lass' ich alles Gewehr ungeladen. Lieber Schatz, was ist Vorsicht? Die Gefahr läßt sich nicht auslernen! Zwar – Nun weißt Du, daß ich den Menschen sehr lieb habe bis auf seine *Zwar*; denn versteht sich's nicht von selbst, daß jeder allgemeine 30 Satz Ausnahmen leidet? Aber so rechtfertig ist der Mensch! wenn er glaubt, etwas Übereiltes, Allgemei- nes, Halbwahres gesagt zu haben: so hört er dir nicht auf zu limitieren, zu modifizieren und ab- und zuzu- tun, bis zuletzt gar nichts mehr an der Sache ist. Und 35 bei diesem Anlaß kam er sehr tief in den Text: ich

51

hörte endlich gar nicht weiter auf ihn, verfiel in Grillen, und mit einer auffahrenden Gebärde drückte ich mir die Mündung der Pistole übers rechte Aug' an die Stirn. – Pfui!, sagte Albert, indem er mir die Pistole herabzog, was soll das? – Sie ist nicht geladen, sagte ich. – Und auch so, was soll's? versetzte er ungeduldig. Ich kann mir nicht vorstellen, wie ein Mensch so töricht sein kann, sich zu erschießen; der bloße Gedanke erregt mir Widerwillen.

Daß ihr Menschen, rief ich aus, um von einer Sache zu reden, gleich sprechen müßt: das ist töricht, das ist klug, das ist gut, das ist bös! Und was will das alles heißen? Habt ihr deswegen die inneren Verhältnisse einer Handlung erforscht? Wißt ihr mit Bestimmtheit die Ursachen zu entwickeln, warum sie geschah, warum sie geschehen mußte? Hättet ihr das, ihr würdet nicht so eilfertig mit euren Urteilen sein.

Du wirst mir zugeben, sagte Albert, daß gewisse Handlungen lasterhaft bleiben, sie mögen geschehen, aus welchem Beweggrunde sie wollen.

Ich zuckte die Achseln und gab's ihm zu. – Doch, mein Lieber, fuhr ich fort, finden sich auch hier einige Ausnahmen. Es ist wahr; der Diebstahl ist ein Laster: aber der Mensch, der, um sich und die Seinigen vom gegenwärtigen Hungertode zu erretten, auf Raub ausgeht, verdient der Mitleiden oder Strafe? Wer hebt den ersten Stein auf gegen den Ehemann, der im gerechten Zorne sein untreues Weib und ihren nichtswürdigen Verführer aufopfert? Gegen das Mädchen, das in einer wonnevollen Stunde sich in den unaufhaltsamen Freuden der Liebe verliert? Unsere Gesetze selbst, diese kaltblütigen Pedanten, lassen sich rühren und halten ihre Strafe zurück.

Das ist ganz was anders, versetzte Albert, weil ein Mensch, den seine Leidenschaften hinreißen, alle Besinnungskraft verliert und als ein Trunkener, als ein Wahnsinniger angesehen wird.

Ach ihr vernünftigen Leute! rief ich lächelnd aus. Leidenschaft! Trunkenheit! Wahnsinn! Ihr steht so gelassen, so ohne Teilnehmung da, ihr sittlichen Menschen! Scheltet den Trinker, verabscheut den Unsinnigen, geht vorbei wie der Priester und dankt Gott wie der Pharisäer, daß er euch nicht gemacht hat wie einen von diesen. Ich bin mehr als einmal trunken gewesen, meine Leidenschaften waren nie weit vom Wahnsinn, und beides reut mich nicht: denn ich habe in meinem Maße begreifen lernen, wie man alle außerordentlichen Menschen, die etwas Großes, etwas Unmöglichscheinendes wirkten, von jeher für Trunkene und Wahnsinnige ausschreien mußte.

Aber auch im gemeinen Leben ist's unerträglich, fast einem jeden bei halbweg einer freien, edlen, unerwarteten Tat nachrufen zu hören: der Mensch ist trunken, der ist närrisch! Schämt euch, ihr Nüchternen! Schämt euch, ihr Weisen!

Das sind nun wieder von deinen Grillen, sagte Albert, du überspannst alles und hast wenigstens hier gewiß unrecht, daß du den Selbstmord, wovon jetzt die Rede ist, mit großen Handlungen vergleichst: da man es doch für nichts anders als eine Schwäche halten kann. Denn freilich ist es leichter zu sterben, als ein qualvolles Leben standhaft zu ertragen.

Ich war im Begriff abzubrechen; denn kein Argument bringt mich so aus der Fassung, als wenn einer mit einem unbedeutenden Gemeinspruche angezogen kommt, wenn ich aus ganzem Herzen rede. Doch faßte ich mich, weil ich's schon oft gehört und mich öfter darüber geärgert hatte, und versetzte ihm mit einiger Lebhaftigkeit: Du nennst das Schwäche? Ich bitte dich, laß dich vom Anscheine nicht verführen. Ein Volk, das unter dem unerträglichen Joch eines Tyrannen seufzt,

darfst du das schwach heißen, wenn es endlich aufgärt
und seine Ketten zerreißt? Ein Mensch, der über dem
Schrecken, daß Feuer sein Haus ergriffen hat, alle
Kräfte gespannt fühlt und mit Leichtigkeit Lasten
wegträgt, die er bei ruhigem Sinne kaum bewegen
kann; einer, der in der Wut der Beleidigung es mit
sechsen aufnimmt und sie überwältigt, sind die schwach
zu nennen? Und, mein Guter, wenn Anstrengung
Stärke ist, warum soll die Überspannung das Gegenteil
sein? – Albert sah mich an und sagte: Nimm mir's
nicht übel, die Beispiele, die du da gibst, scheinen hieher
gar nicht zu gehören. – Es mag sein, sagte ich, man
hat mir schon öfters vorgeworfen, daß meine Kom-
binationsart manchmal an Radotage grenze. Laßt
uns denn sehen, ob wir uns auf eine andere Weise
vorstellen können, wie dem Menschen zumute sein
mag, der sich entschließt, die sonst angenehme Bürde
des Lebens abzuwerfen. Denn nur insofern wir
mitempfinden, haben wir Ehre, von einer Sache zu
reden.

Die menschliche Natur, fuhr ich fort, hat ihre Grenzen: sie kann Freude, Leid, Schmerzen bis auf einen
gewissen Grad ertragen und geht zugrunde, sobald *der*
überstiegen ist. Hier ist also nicht die Frage, ob einer
schwach oder stark ist? sondern ob er das Maß seines
Leidens ausdauern kann? es mag nun moralisch oder
körperlich sein: und ich finde es ebenso wunderbar zu
sagen, der Mensch ist feige, der sich das Leben nimmt,
als es ungehörig wäre, den einen Feigen zu nennen,
der an einem bösartigen Fieber stirbt.

Paradox! sehr paradox! rief Albert aus. – Nicht so
sehr, als du denkst, versetzte ich. Du gibst mir zu, wir
nennen das eine Krankheit zum Tode, wodurch die
Natur so angegriffen wird, daß teils ihre Kräfte verzehrt, teils so außer Wirkung gesetzt werden, daß sie
sich nicht wieder aufzuhelfen, durch keine glückliche

Revolution den gewöhnlichen Umlauf des Lebens wieder herzustellen fähig ist.

Nun, mein Lieber, laß uns das auf den Geist anwenden. Sieh den Menschen an in seiner Eingeschränktheit, wie Eindrücke auf ihn wirken, Ideen sich bei ihm festsetzen, bis endlich eine wachsende Leidenschaft ihn aller ruhigen Sinneskraft beraubt und ihn zugrunde richtet.

Vergebens, daß der gelassene, vernünftige Mensch den Zustand des Unglücklichen übersieht, vergebens, daß er ihm zuredet! Ebenso wie ein Gesunder, der am Bette des Kranken steht, ihm von seinen Kräften nicht das geringste einflößen kann.

Alberten war das zu allgemein gesprochen. Ich erinnerte ihn an ein Mädchen, das man vor weniger Zeit im Wasser tot gefunden, und wiederholte ihm ihre Geschichte. – Ein gutes junges Geschöpf, das in dem engen Kreise häuslicher Beschäftigungen, wöchentlicher bestimmter Arbeit herangewachsen war, das weiter keine Aussicht von Vergnügen kannte, als etwa sonntags in einem nach und nach zusammengeschafften Putz mit ihresgleichen um die Stadt spazierenzugehen, vielleicht alle hohen Feste einmal zu tanzen und übrigens mit aller Lebhaftigkeit des herzlichsten Anteils manche Stunde über den Anlaß eines Gezänkes, einer üblen Nachrede mit einer Nachbarin zu verplaudern. – Deren feurige Natur fühlt nun endlich innigere Bedürfnisse, die durch die Schmeicheleien der Männer vermehrt werden; ihre vorigen Freuden werden ihr nach und nach unschmackhaft, bis sie endlich einen Menschen antrifft, zu dem ein unbekanntes Gefühl sie unwiderstehlich hinreißt, auf den sie nun alle ihre Hoffnungen wirft, die Welt rings um sich vergißt, nichts hört, nichts sieht, nichts fühlt als ihn, den einzigen, sich nur sehnt nach ihm, dem einzigen. Durch die leeren Vergnügungen einer unbeständigen

Eitelkeit nicht verdorben, zieht ihr Verlangen gerade nach dem Zweck, sie will die Seinige werden, sie will in ewiger Verbindung all das Glück antreffen, das ihr mangelt, die Vereinigung aller Freuden genießen, nach denen sie sich sehnte. Wiederholtes Versprechen, das ihr die Gewißheit aller Hoffnungen versiegelt, kühne Liebkosungen, die ihre Begierden vermehren, umfangen ganz ihre Seele; sie schwebt in einem dumpfen Bewußtsein, in einem Vorgefühl aller Freuden, sie ist bis auf den höchsten Grad gespannt. Sie streckt endlich ihre Arme aus, all ihre Wünsche zu umfassen – und ihr Geliebter verläßt sie. – Erstarrt, ohne Sinne steht sie vor dem Abgrunde; alles ist Finsternis um sie her, keine Aussicht, kein Trost, keine Ahnung! denn *der* hat sie verlassen, in dem sie allein ihr Dasein fühlte. Sie sieht nicht die weite Welt, die vor ihr liegt, nicht die vielen, die ihr den Verlust ersetzen könnten, sie fühlt sich allein, verlassen von aller Welt – und blind, in die Enge gepreßt von der entsetzlichen Not ihres Herzens, stürzt sie sich hinunter, um in einem rings umfangenden Tode alle ihre Qualen zu ersticken. – Sieh, Albert, das ist die Geschichte so manches Menschen! und sag, ist das nicht der Fall der Krankheit? Die Natur findet keinen Ausweg aus dem Labyrinthe der verworrenen und widersprechenden Kräfte, und der Mensch muß sterben.

Wehe dem, der zusehen und sagen könnte: Die Törin! Hätte sie gewartet, hätte sie die Zeit wirken lassen, die Verzweiflung würde sich schon gelegt, es würde sich schon ein anderer, sie zu trösten, vorgefunden haben. – Das ist eben, als wenn einer sagte: Der Tor, stirbt am Fieber! Hätte er gewartet, bis seine Kräfte sich erholt, seine Säfte sich verbessert, der Tumult seines Blutes sich gelegt hätten: alles wäre gut gegangen, und er lebte bis auf den heutigen Tag!

Albert, dem die Vergleichung noch nicht anschau-

lich war, wandte noch einiges ein und unter andern:
ich hätte nur von einem einfältigen Mädchen gesprochen; wie aber ein Mensch von Verstande, der nicht so
eingeschränkt sei, der mehr Verhältnisse übersehe, zu
entschuldigen sein möchte, könne er nicht begreifen. 5
– Mein Freund, rief ich aus, der Mensch ist Mensch,
und das bißchen Verstand, das einer haben mag,
kommt wenig oder nicht in Anschlag, wenn Leidenschaft wütet und die Grenzen der Menschheit einen
drängen. Vielmehr – Ein andermal davon, sagte ich, 10
und griff nach meinem Hute. Oh, mir war das Herz so
voll – Und wir gingen auseinander, ohne einander
verstanden zu haben. Wie denn auf dieser Welt keiner
leicht den andern versteht.

                                        Am 15. August 15

Es ist doch gewiß,·daß in der Welt den Menschen
nichts notwendig macht als die Liebe. Ich fühl's an
Lotten, daß sie mich ungern verlöre, und die Kinder
haben keinen andern Begriff, als daß ich immer morgen wieder kommen würde. Heute war ich hinaus- 20
gegangen, Lottens Klavier zu stimmen, ich konnte
aber nicht dazu kommen, denn die Kleinen verfolgten
mich um ein Märchen, und Lotte sagte selbst, ich sollte
ihnen den Willen tun. Ich schnitt ihnen das Abend-
brot, das sie nun fast so gern von mir als von Lotten 25
annehmen und erzählte ihnen das Hauptstückchen von
der Prinzessin, die von Händen bedient wird. Ich lerne
viel dabei, das versichre ich Dich, und ich bin erstaunt,
was es auf sie für Eindrücke macht. Weil ich manchmal
einen Inzidentpunkt erfinden muß, den ich beim 30
zweitenmal vergesse, sagen sie gleich, das vorigemal
wär' es anders gewesen, so daß ich mich jetzt übe, sie
unveränderlich in einem singenden Silbenfall an einem
Schnürchen weg zu rezitieren. Ich habe daraus gelernt,

wie ein Autor durch eine zweite veränderte Ausgabe
seiner Geschichte, und wenn sie poetisch noch so
besser geworden wäre, notwendig seinem Buche
schaden muß. Der erste Eindruck findet uns willig, und
5 der Mensch ist gemacht, daß man ihn das Abenteuer-
lichste überreden kann; das haftet aber auch gleich so
fest, und wehe dem, der es wieder auskratzen und
austilgen will!

Am 18. August

10 Mußte denn das so sein, daß das, was des Menschen
Glückseligkeit macht, wieder die Quelle seines Elendes
würde?

Das volle warme Gefühl meines Herzens an der
lebendigen Natur, das mich mit so vieler Wonne über-
15 strömte, das ringsumher die Welt mir zu einem Paradiese schuf, wird mir jetzt zu einem unerträglichen
Peiniger, zu einem quälenden Geist, der mich auf
allen Wegen verfolgt. Wenn ich sonst vom Felsen über
den Fluß bis zu jenen Hügeln das fruchtbare Tal über-
20 schaute und alles um mich her keimen und quellen
sah; wenn ich jene Berge, vom Fuße bis auf zum Gipfel, mit hohen dichten Bäumen bekleidet, jene Täler
in ihren mannigfaltigen Krümmungen von den lieblichsten Wäldern beschattet sah, und der sanfte Fluß
25 zwischen den lispelnden Rohren dahin gleitete und
die lieben Wolken abspiegelte, die der sanfte Abendwind am Himmel herüberwiegte; wenn ich dann die
Vögel um mich den Wald beleben hörte und die Mil-
lionen Mückenschwärme im letzten roten Strahle der
30 Sonne mutig tanzten und ihr letzter zuckender Blick
den summenden Käfer aus seinem Grase befreite und
das Schwirren und Weben um mich her mich auf den
Boden aufmerksam machte und das Moos, das meinem
harten Felsen ·seine Nahrung abzwingt, und das Ge-

niste, das den dürren Sandhügel hinunter wächst, mir das innere, glühende, heilige Leben der Natur eröffnete: wie faßte ich das alles in mein warmes Herz, fühlte mich in der überfließenden Fülle wie vergöttert, und die herrlichen Gestalten der unendlichen Welt 5 bewegten sich allbelebend in meiner Seele. Ungeheure Berge umgaben mich, Abgründe lagen vor mir, und Wetterbäche stürzten herunter, die Flüsse strömten unter mir, und Wald und Gebirg erklang; und ich sah sie wirken und schaffen ineinander in den Tiefen der 10 Erde, alle die unergründlichen Kräfte; und nun über der Erde und unter dem Himmel wimmeln die Geschlechter der mannigfaltigen Geschöpfe. Alles, alles bevölkert mit tausendfachen Gestalten und die Menschen dann sich in Häuslein zusammen sichern und 15 sich annisten und herrschen in ihrem Sinne über die weite Welt! Armer Tor! der du alles so gering achtest, weil du so klein bist. – Vom unzugänglichen Gebirge über die Einöde, die kein Fuß betrat, bis ans Ende des unbekannten Ozeans weht der Geist des Ewig- 20 schaffenden, und freut sich jedes Staubes, der ihn vernimmt und lebt. – Ach, damals, wie oft habe ich mich mit Fittichen eines Kranichs, der über mich hinflog, zu dem Ufer des ungemessenen Meeres gesehnt, aus dem schäumenden Becher des Unendlichen jene schwel- 25 lende Lebenswonne zu trinken und nur einen Augenblick, in der eingeschränkten Kraft meines Busens, einen Tropfen der Seligkeit des Wesens zu fühlen, das alles in sich und durch sich hervorbringt.

Bruder, nur die Erinnerung jener Stunden macht mir 30 wohl. Selbst diese Anstrengung, jene unsäglichen Gefühle zurückzurufen, wieder auszusprechen, hebt meine Seele über sich selbst, und läßt mich dann das Bange des Zustandes doppelt empfinden, der mich jetzt umgibt. 35

Es hat sich vor meiner Seele wie ein Vorhang weg-

gezogen, und der Schauplatz des unendlichen Lebens verwandelt sich vor mir in den Abgrund des ewig offnen Grabs. Kannst du sagen: Das ist! da alles vorüber geht? da alles mit der Wetterschnelle vorüber-
5 rollt, so selten die ganze Kraft seines Daseins ausdauert, ach in den Strom fortgerissen, untergetaucht und an Felsen zerschmettert wird? Da ist kein Augenblick, der nicht dich verzehrte und die Deinigen um dich her, kein Augenblick, da du nicht ein Zerstörer
10 bist, sein mußt; der harmloseste Spaziergang kostet tausend armen Würmchen das Leben, es zerrüttet ein Fußtritt die mühseligen Gebäude der Ameisen und stampft eine kleine Welt in ein schmähliches Grab. Ha! nicht die große seltne Not der Welt, diese Fluten,
15 die eure Dörfer wegspülen, diese Erdbeben, die eure Städte verschlingen, rühren mich; mir untergräbt das Herz die verzehrende Kraft, die in dem All der Natur verborgen liegt, die nichts gebildet hat, das nicht seinen Nachbar, nicht sich selbst zerstörte. Und so taumle ich
20 beängstigt. Himmel und Erde und ihre webenden Kräfte um mich her: ich sehe nichts als ein ewig verschlingendes, ewig wiederkäuendes Ungeheuer.

Am 21. August

Umsonst strecke ich meine Arme nach ihr aus, mor-
25 gens, wenn ich von schweren Träumen aufdämmere, vergebens suche ich sie nachts in meinem Bette, wenn mich ein glücklicher unschuldiger Traum getäuscht hat, als säß' ich neben ihr auf der Wiese und hielt' ihre Hand und deckte sie mit tausend Küssen. Ach, wenn
30 ich dann noch halb im Taumel des Schlafes nach ihr tappe und drüber mich ermuntere – ein Strom von Tränen bricht aus meinem gepreßten Herzen, und ich weine trostlos einer finstern Zukunft entgegen.

60

Es ist ein Unglück, Wilhelm, meine tätigen Kräfte sind
zu einer unruhigen Lässigkeit verstimmt, ich kann
nicht müßig sein und kann doch auch nichts tun. Ich
habe keine Vorstellungskraft, kein Gefühl an der 5
Natur, und die Bücher ekeln mich an. Wenn wir uns
selbst fehlen, fehlt uns doch alles. Ich schwöre Dir,
manchmal wünschte ich, ein Tagelöhner zu sein, um
nur des Morgens beim Erwachen eine Aussicht auf den
künftigen Tag, einen Drang, eine Hoffnung zu haben. 10
Oft beneide ich Alberten, den ich über die Ohren in
Akten begraben sehe, und bilde mir ein, mir wäre
wohl, wenn ich an seiner Stelle wäre! Schon etlichemal
ist mir's so aufgefahren, ich wollte Dir schreiben und
dem Minister, um die Stelle bei der Gesandtschaft 15
anzuhalten, die, wie Du versicherst, mir nicht versagt
werden würde. Ich glaube es selbst. Der Minister liebt
mich seit langer Zeit, hatte lange mir angelegen, ich
sollte mich irgendeinem Geschäfte widmen; und eine
Stunde ist mir's auch wohl drum zu tun. Hernach, 20
wenn ich wieder dran denke und mir die Fabel vom
Pferde einfällt, das, seiner Freiheit ungeduldig, sich
Sattel und Zeug auflegen läßt, und zu Schanden geritten wird – ich weiß nicht, was ich soll – Und, mein
Lieber! ist nicht vielleicht das Sehnen in mir nach 25
Veränderung des Zustandes eine innere unbehagliche
Ungeduld, die mich überall hin verfolgen wird?

Es ist wahr, wenn meine Krankheit zu heilen wäre,
so würden diese Menschen es tun. Heute ist mein 30
Geburtstag, und in aller Frühe empfange ich ein Päck-
chen von Alberten. Mir fällt beim Eröffnen sogleich

eine der blaßroten Schleifen in die Augen, die Lotte
vor hatte, als ich sie kennenlernte, und um die ich
seither etlichemal gebeten hatte. Es waren zwei Büchel-
chen in Duodez dabei, der kleine Wetsteinische Homer,
5 eine Ausgabe, nach der ich so oft verlangt, um mich
auf dem Spaziergange mit dem Ernestinischen nicht zu
schleppen. Sieh! so kommen sie meinen Wünschen
zuvor, so suchen sie alle die kleinen Gefälligkeiten der
Freundschaft auf, die tausendmal werter sind als jene
10 blendenden Geschenke, wodurch uns die Eitelkeit des
Gebers erniedrigt. Ich küsse diese Schleife tausendmal,
und mit jedem Atemzuge schlürfe ich die Erinnerung
jener Seligkeiten ein, mit denen mich jene wenigen,
glücklichen, unwiederbringlichen Tage überfüllten.
15 Wilhelm, es ist so, und ich murre nicht, die Blüten des
Lebens sind nur Erscheinungen! Wie viele gehn vorüber, ohne eine Spur hinter sich zu lassen, wie wenige
setzen Frucht an, und wie wenige dieser Früchte werden reif! Und doch sind deren noch genug da; und
20 doch – oh mein Bruder! – können wir gereifte Früchte
vernachlässigen, verachten, ungenossen verfaulen lassen?
   Lebe wohl! Es ist ein herrlicher Sommer; ich sitze
oft auf den Obstbäumen in Lottens Baumstück mit
dem Obstbrecher, der langen Stange, und hole die
25 Birnen aus dem Gipfel. Sie steht unten und nimmt sie
- ab, wenn ich sie ihr herunterlasse.

                                              Am 30. August

Unglücklicher! Bist du nicht ein Tor? Betrügst du
dich nicht selbst? Was soll diese tobende endlose Lei-
30 denschaft? Ich habe kein Gebet mehr als an sie; meiner Einbildungskraft erscheint keine andere Gestalt
als die ihrige, und alles in der Welt um mich her sehe
ich nur im Verhältnisse mit ihr. Und das macht mir
denn so manche glückliche Stunde – bis ich mich wie-

der von ihr losreißen muß! Ach Wilhelm! wozu mich
mein Herz oft drängt! – Wenn ich bei ihr gesessen
bin, zwei, drei Stunden, und mich an ihrer Gestalt, an
ihrem Betragen, an dem himmlischen Ausdruck ihrer
Worte geweidet habe und nun nach und nach alle   5
meine Sinne aufgespannt werden, mir es düster vor
den Augen wird, ich kaum noch höre und es mich an
die Gurgel faßt wie ein Meuchelmörder, dann mein
Herz in wilden Schlägen den bedrängten Sinnen Luft
zu machen sucht und ihre Verwirrung nur vermehrt –   10
Wilhelm, ich weiß oft nicht, ob ich auf der Welt bin!
Und – wenn nicht manchmal die Wehmut das Über-
gewicht nimmt und Lotte mir den elenden Trost
erlaubt, auf ihrer Hand meine Beklemmung auszuwei-
nen – so muß ich fort, muß hinaus! und schweife dann   15
weit im Feld umher; einen jähen Berg zu klettern ist
dann meine Freude, durch einen unwegsamen Wald
einen Pfad durchzuarbeiten, durch die Hecken, die
mich verletzen, durch die Dornen, die mich zerreißen!
Da wird mir's etwas besser! Etwas! Und wenn ich vor   20
Müdigkeit und Durst manchmal unterwegs liegen-
bleibe, manchmal in der tiefen Nacht, wenn der hohe
Vollmond über mir steht, im einsamen Walde auf
einen krummgewachsenen Baum mich setze, um meinen verwundeten Sohlen nur einige Linderung zu ver-   25
schaffen, und dann in einer ermattenden Ruhe in dem
Dämmerschein hinschlummre! O Wilhelm! die ein-
same Wohnung einer Zelle, das härene Gewand und
der Stachelgürtel wären Labsale, nach denen meine
Seele schmachtet. Adieu! Ich seh' dieses Elendes kein   30
Ende als das Grab.

                              Am 3. September

Ich muß fort! Ich danke Dir, Wilhelm, daß Du meinen
wankenden Entschluß bestimmt hast. Schon vierzehn

Tage gehe ich mit dem Gedanken um, sie zu verlassen. Ich muß fort. Sie ist wieder in der Stadt bei einer Freundin. Und Albert – und – ich muß fort!

Am 10. September

5 Das war eine Nacht! Wilhelm! Nun überstehe ich alles. Ich werde sie nicht wiedersehn! Oh, daß ich nicht an Deinen Hals fliegen, Dir mit tausend Tränen und Entzückungen ausdrücken kann, mein Bester, die Empfindungen, die mein Herz bestürmen. Hier sitze ich
10 und schnappe nach Luft, suche mich zu beruhigen, erwarte den Morgen, und mit Sonnenaufgang sind die Pferde bestellt.

Ach sie schläft ruhig und denkt nicht, daß sie mich nie wieder sehen wird. Ich habe mich losgerissen, bin
15 stark genug gewesen, in einem Gespräch von zwei Stunden mein Vorhaben nicht zu verraten. Und Gott, welch ein Gespräch!

Albert hatte mir versprochen, gleich nach dem Nachtessen mit Lotten im Garten zu sein. Ich stand
20 auf der Terrasse unter den hohen Kastanienbäumen und sah der Sonne nach, die mir nun zum letztenmal über dem lieblichen Tale, über dem sanften Fluß unterging. So oft hatte ich hier gestanden mit ihr und eben den herrlichen Schauspiele zugesehen, und nun
25 – Ich ging in der Allee auf und ab, die mir so lieb war; ein geheimer sympathetischer Zug hatte mich hier so oft gehalten, ehe ich noch Lotten kannte, und wie freuten wir uns, als wir im Anfang unserer Bekanntschaft die wechselseitige Neigung zu diesem Plätzchen
30 entdeckten, das wahrhaftig eins von den romantischsten ist, die ich von der Kunst hervorgebracht gesehen habe.

Erst hast Du zwischen den Kastanienbäumen die

64

weite Aussicht – Ach, ich erinnere mich, ich habe Dir,
denk' ich, schon viel davon geschrieben, wie hohe
Buchenwände einen endlich einschließen und durch ein
daran stoßendes Boskett die Allee immer düsterer
wird, bis zuletzt alles sich in ein geschlossenes Plätz- 5
chen endigt, das alle Schauer der Einsamkeit umschwe-
ben. Ich fühle es noch, wie heimlich mir's ward,
als ich zum ersten Male an einem hohen Mittage hin-
eintrat; ich ahnte ganz leise, was für ein Schauplatz
das noch werden sollte von Seligkeit und Schmerz. 10

Ich hatte mich etwa eine halbe Stunde in den
schmachtenden süßen Gedanken des Abscheidens, des
Wiedersehens geweidet, als ich sie die Terrasse herauf-
steigen hörte. Ich lief ihnen entgegen, mit einem
Schauer faßte ich ihre Hand und küßte sie. Wir waren 15
eben heraufgetreten, als der Mond hinter dem buschi-
gen Hügel aufging; wir redeten mancherlei und kamen
unvermerkt dem düstern Kabinette näher. Lotte trat
hinein und setzte sich, Albert neben sie, ich auch; doch
meine Unruhe ließ mich nicht lange sitzen; ich stand 20
auf, trat vor sie, ging auf und ab, setzte mich wieder:
es war ein ängstlicher Zustand. Sie machte uns aufmerksam auf die schöne Wirkung des Mondenlichtes,
das am Ende der Buchenwände die ganze Terrasse vor
uns erleuchtete: ein herrlicher Anblick, der um so viel 25
frappanter war, weil uns rings eine tiefe Dämmerung
einschloß. Wir waren still, und sie fing nach einer
Weile an: Niemals gehe ich im Mondenlichte spazieren, niemals, daß mir nicht der Gedanke an meine
Verstorbenen begegnete, daß nicht das Gefühl von 30
Tod, von Zukunft über mich käme. Wir werden sein!
fuhr sie mit der Stimme des herrlichsten Gefühls fort;
aber, Werther, sollen wir uns wiederfinden? wieder
erkennen? was ahnen Sie? was sagen Sie?

Lotte, sagte ich, indem ich ihr die Hand reichte und 35
mir die Augen voll Tränen wurden, wir werden uns

wieder sehn! Hier und dort wieder sehn! – Ich
konnte nicht weiterreden – Wilhelm, mußte sie mich
das fragen, da ich diesen ängstlichen Abschied im
Herzen hatte!

5 Und ob die lieben Abgeschiedenen von uns wissen,
fuhr sie fort, ob sie fühlen, wann's uns wohl geht, daß
wir mit warmer Liebe uns ihrer erinnern? Oh! die
Gestalt meiner Mutter schwebt immer um mich, wenn
ich am stillen Abend unter ihren Kindern, unter meinen
10 Kindern sitze und sie um mich versammelt sind, wie
sie um sie versammelt waren. Wenn ich dann mit einer
sehnenden Träne gen Himmel sehe und wünsche, daß
sie hereinschauen könnte einen Augenblick, wie ich
mein Wort halte, das ich ihr in der Stunde des Todes
15 gab: die Mutter ihrer Kinder zu sein. Mit welcher
Empfindung rufe ich aus: Verzeihe mir's, Teuerste,
wenn ich ihnen nicht bin, was du ihnen warst. Ach!
tue ich doch alles, was ich kann; sind sie doch geklei-
det, genährt, ach, und was mehr ist als das alles, ge-
20 pflegt und geliebt. Könntest du unsere Eintracht sehen,
liebe Heilige! du würdest mit dem heißesten Danke
den Gott verherrlichen, den du mit den letzten bittersten Tränen um die Wohlfahrt deiner Kinder batest. –
Sie sagte das! O Wilhelm, wer kann wiederholen,
25 was sie sagte! Wie kann der kalte, tote Buchstabe
diese himmlische Blüte des Geistes darstellen! Albert
fiel ihr sanft in die Rede: Es greift Sie zu stark an, liebe
Lotte! Ich weiß, Ihre Seele hängt sehr nach diesen
Ideen, aber ich bitte Sie – O Albert, sagte sie, ich
30 weiß, du vergissest nicht die Abende, da wir zusammen saßen an dem kleinen, runden Tischchen, wenn
der Papa verreist war und wir die Kleinen schlafen
geschickt hatten. Du hattest oft ein gutes Buch und
kamst so selten dazu, etwas zu lesen – War der Umgang
35 dieser herrlichen Seele nicht mehr als alles? Die
schöne, sanfte, muntere und immer tätige Frau! Gott

66

kennt meine Tränen, mit denen ich mich oft in meinem Bette vor ihn hinwarf: er möchte mich ihr gleich machen.

Lotte! rief ich aus, indem ich mich vor sie hinwarf, ihre Hand nahm und mit tausend Tränen netzte, Lotte! der Segen Gottes ruht über dir und der Geist deiner Mutter! – Wenn Sie sie gekannt hätten, sagte sie, indem sie mir die Hand drückte –, sie war wert, von Ihnen gekannt zu sein! – Ich glaubte zu vergehen. Nie war ein größeres, stolzeres Wort über mich ausgesprochen worden – und sie fuhr fort: Und diese Frau mußte in der Blüte ihrer Jahre dahin, da ihr jüngster Sohn nicht sechs Monate alt war! Ihre Krankheit dauerte nicht lange; sie war ruhig, hingegeben, nur ihre Kinder taten ihr weh, besonders das kleine. Wie es gegen das Ende ging und sie zu mir sagte: Bringe mir sie herauf, und wie ich sie hereinführte, die kleinen, die nicht wußten, und die ältesten, die ohne Sinne waren, wie sie ums Bette standen, und wie sie die Hände aufhob und über sie betete und sie küßte nacheinander und sie wegschickte und zu mir sagte: Sei ihre Mutter! – Ich gab ihr die Hand drauf! – Du versprichst viel, meine Tochter, sagte sie, das Herz einer Mutter und das Aug' einer Mutter. Ich habe oft an deinen dankbaren Tränen gesehen, daß du fühlst, was das sei. Habe es für deine Geschwister und für deinen Vater die Treue und den Gehorsam einer Frau. Du wirst ihn trösten. – Sie fragte nach ihm, er war ausgegangen, um uns den unerträglichen Kummer zu verbergen, den er fühlte; der Mann war ganz zerrissen.

Albert, du warst im Zimmer. Sie hörte jemand gehn und fragte und forderte dich zu sich, und wie sie dich ansah und mich, mit dem getrösteten ruhigen Blicke, daß wir glücklich sein, zusammen glücklich sein würden. – Albert fiel ihr um den Hals und küßte sie und

rief: Wir sind es! Wir werden es sein! – Der ruhige
Albert war ganz aus seiner Fassung, und ich wußte
nichts von mir selber.

Werther, fing sie an, und diese Frau sollte dahin
5 sein! Gott! wenn ich manchmal denke, wie man das
Liebste seines Lebens wegtragen läßt und niemand als
die Kinder das so scharf fühlt, die sich noch lange
beklagten, die schwarzen Männer hätten die Mama
weggetragen!

10 Sie stand auf, und ich ward erweckt und erschüttert,
blieb sitzen und hielt ihre Hand. – Wir wollen fort,
sagte sie, es wird Zeit. – Sie wollte ihre Hand zurück-
ziehen, und ich hielt sie fester. – Wir werden uns
wieder sehen, rief ich, wir werden uns finden, unter
15 allen Gestalten werden wir uns erkennen. Ich gehe,
fuhr ich fort, ich gehe willig, und doch, wenn ich sagen
sollte auf ewig, ich würde es nicht aushalten. Leb
wohl, Lotte! Leb wohl, Albert! Wir sehn uns wieder.
– Morgen, denke ich, versetzte sie scherzend. – Ich
20 fühlte das Morgen! Ach, sie wußte nicht, als sie ihre
Hand aus der meinen zog – Sie gingen die Allee hinaus, ich stand, sah ihnen nach im Mondscheine und
warf mich an die Erde und weinte mich aus und sprang
auf und lief auf die Terrasse hervor und sah noch
25 dort unten im Schatten der hohen Lindenbäume ihr
weißes Kleid nach der Gartentür schimmern; ich
streckte meine Arme aus, und es verschwand.

ZWEITES BUCH

Am 20. Oktober 1771

Gestern sind wir hier angelangt. Der Gesandte ist
unpaß und wird sich also einige Tage einhalten. Wenn
er nur nicht so unhold wäre, wär' alles gut. Ich merke,
ich merke, das Schicksal hat mir harte Prüfungen zugedacht. Doch guten Muts! Ein leichter Sinn trägt alles!
Ein leichter Sinn? Das macht mich zu lachen, wie
das Wort in meine Feder kommt. Oh, ein bißchen
leichteres Blut würde mich zum Glücklichsten unter
der Sonne machen. Was! da wo andere mit ihrem
bißchen Kraft und Talent vor mir in behaglicher
Selbstgefälligkeit herumschwadronieren, verzweifle ich
an meiner Kraft, an meinen Gaben? Guter Gott, der du
mir das alles schenktest, warum hieltest du nicht die
Hälfte zurück und gabst mir Selbstvertrauen und
Genügsamkeit!

Geduld! Geduld! Es wird besser werden. Denn ich
sage Dir, Lieber, Du hast recht. Seit ich unter dem
Volke alle Tage herumgetrieben werde und sehe, was
sie tun, und wie sie's treiben, stehe ich viel besser mit
mir selbst. Gewiß, weil wir doch einmal so gemacht
sind, daß wir alles mit uns und uns mit allem vergleichen, so liegt Glück oder Elend in den Gegenständen,
womit wir uns zusammenhalten, und da ist nichts
gefährlicher als die Einsamkeit. Unsere Einbildungskraft, durch ihre Natur gedrungen, sich zu erheben,
durch die phantastischen Bilder der Dichtkunst genährt,
bildet sich eine Reihe Wesen hinauf, wo wir das unterste sind, und alles außer uns herrlicher erscheint, jeder

andere vollkommner ist. Und das geht ganz natürlich zu. Wir fühlen so oft, daß uns manches mangelt, und eben was uns fehlt scheint uns oft ein anderer zu besitzen, dem wir denn auch alles dazu geben, was *wir* haben, und noch eine gewisse idealische Behaglichkeit dazu. Und so ist der Glückliche vollkommen fertig, das Geschöpf unserer selbst.

Dagegen, wenn wir mit all unserer Schwachheit und Mühseligkeit nur gerade fortarbeiten, so finden wir gar oft, daß wir mit unserem Schlendern und Lavieren es weiter bringen als andere mit ihrem Segeln und Rudern – und – das ist doch ein wahres Gefühl seiner selbst, wenn man andern gleich oder gar vorläuft.

Am 26. November

Ich fange an, mich insofern ganz leidlich hier zu befinden. Das Beste ist, daß es zu tun genug gibt; und dann die vielerlei Menschen, die allerlei neuen Gestalten machen mir ein buntes Schauspiel vor meiner Seele. Ich habe den Grafen C ... kennenlernen, einen Mann, den ich jeden Tag mehr verehren muß, einen weiten großen Kopf, und der deswegen nicht kalt ist, weil er viel übersieht; aus dessen Umgange so viel Empfindung für Freundschaft und Liebe hervorleuchtet. Er nahm teil an mir, als ich einen Geschäftsauftrag an ihn ausrichtete und er bei den ersten Worten merkte, daß wir uns verstanden, daß er mit mir reden konnte wie nicht mit jedem. Auch kann ich sein offnes Betragen gegen mich nicht genug rühmen. So eine wahre warme Freude ist nicht in der Welt, als eine große Seele zu sehen, die sich gegen einen öffnet.

Der Gesandte macht mir viel Verdruß, ich habe es vorausgesehn. Er ist der pünktlichste Narr, den es nur geben kann; Schritt vor Schritt und umständlich wie eine Base; ein Mensch, der nie mit sich selbst zufrieden ist, und dem es daher niemand zu Danke machen kann. Ich arbeite gern leicht weg, und wie es steht, so steht es: da ist er imstande, mir einen Aufsatz zurückzugeben und zu sagen: Er ist gut, aber sehen Sie ihn durch, man findet immer ein besseres Wort, eine reinere Partikel. – Da möchte ich des Teufels werden. Kein Und, kein Bindewörtchen darf außenbleiben, und von allen Inversionen, die mir manchmal entfahren, ist er ein Todfeind; wenn man seine Perioden nicht nach der hergebrachten Melodie heraborgelt, so versteht er gar nichts drin. Das ist ein Leiden, mit so einem Menschen zu tun zu haben.

Das Vertrauen des Grafen von C . . . ist noch das einzige, was mich schadlos hält. Er sagte mir letzthin ganz aufrichtig, wie unzufrieden er mit der Langsamkeit und Bedenklichkeit meines Gesandten sei. Die Leute erschweren es sich und andern; doch, sagte er, man muß sich darein resignieren, wie ein Reisender, der über einen Berg muß; freilich, wäre der Berg nicht da, so wäre der Weg viel bequemer und kürzer; er ist nun aber da, und man soll hinüber! –

Mein Alter spürt auch wohl den Vorzug, den mir der Graf vor ihm gibt, und das ärgert ihn, und er ergreift jede Gelegenheit, Übles gegen mich vom Grafen zu reden: ich halte, wie natürlich, Widerpart, und dadurch wird die Sache nur schlimmer. Gestern gar brachte er mich auf, denn ich war mitgemeint: zu so Weltgeschäften sei der Graf ganz gut, er habe viele Leichtigkeit zu arbeiten und führe eine gute Feder; doch an gründlicher Gelehrsamkeit mangle es ihm wie allen Belletristen. Dazu machte er eine Miene, als ob er sagen wollte: Fühlst du den Stich? Aber es tat bei mir nicht die Wirkung, ich verachtete den Menschen, der so denken und sich so betragen konnte. Ich hielt

5 ihm stand und focht mit ziemlicher Heftigkeit. Ich sagte, der Graf sei ein Mann, vor dem man Achtung haben müsse wegen seines Charakters sowohl als wegen seiner Kenntnisse. Ich habe, sagt' ich, niemand gekannt, dem es so geglückt wäre, seinen Geist zu

10 erweitern, ihn über unzählige Gegenstände zu verbreiten und doch diese Tätigkeit fürs gemeine Leben zu behalten. – Das waren dem Gehirne spanische Dörfer, und ich empfahl mich, um nicht über ein weiteres Deraisonnement noch mehr Galle zu schlucken.

15 Und daran seid ihr alle schuld, die ihr mich in das Joch geschwatzt und mir so viel von Aktivität vorgesungen habt. Aktivität! Wenn nicht der mehr tut, der Kartoffeln legt und in die Stadt reitet, sein Korn zu verkaufen, als ich, so will ich zehn Jahre noch mich

20 auf der Galeere abarbeiten, auf der ich nun angeschmiedet bin.

Und das glänzende Elend, die Langeweile unter dem garstigen Volke, das sich hier nebeneinander sieht! Die Rangsucht unter ihnen, wie sie nur wachen und

25 aufpassen, einander ein Schrittchen abzugewinnen; die elendesten, erbärmlichsten Leidenschaften, ganz ohne Röckchen. Da ist ein Weib, zum Exempel, die jedermann von ihrem Adel und ihrem Lande unterhält, so daß jeder Fremde denken muß: das ist eine

30 Närrin, die sich auf das bißchen Adel und auf den Ruf ihres Landes Wunderstreiche einbildet. – Aber es ist noch viel ärger: eben das Weib ist hier aus der Nachbarschaft, eines Amtschreibers Tochter. – Sieh, ich kann das Menschengeschlecht nicht begreifen, das

35 so wenig Sinn hat, um sich so platt zu prostituieren.

Zwar ich merke täglich mehr, mein Lieber, wie

72

töricht man ist, andere nach sich zu berechnen. Und weil ich so viel mit mir selbst zu tun habe und dieses Herz so stürmisch ist – ach, ich lasse gern die andern ihres Pfades gehen, wenn sie mich nur auch könnten gehen lassen.

Was mich am meisten neckt, sind die fatalen bürgerlichen Verhältnisse. Zwar weiß ich so gut als einer, wie nötig der Unterschied der Stände ist, wie viel Vorteile er mir selbst verschafft: nur soll er mir nicht eben gerade im Wege stehen, wo ich noch ein wenig Freude, einen Schimmer von Glück auf dieser Erde genießen könnte. Ich lernte neulich auf dem Spaziergange ein Fräulein von B... kennen, ein liebenswürdiges Geschöpf, das sehr viele Natur mitten in dem steifen Leben erhalten hat. Wir gefielen uns in unserem Gespräche, und da wir schieden, bat ich sie um Erlaubnis, sie bei sich sehen zu dürfen. Sie gestattete mir das mit so vieler Freimütigkeit, daß ich den schicklichen Augenblick kaum erwarten konnte, zu ihr zu gehen. Sie ist nicht von hier und wohnt bei einer Tante im Hause. Die Physiognomie der Alten gefiel mir nicht. Ich bezeigte ihr viel Aufmerksamkeit, mein Gespräch war meist an sie gewandt, und in minder als einer halben Stunde hatte ich so ziemlich weg, was mir das Fräulein nachher selbst gestand: daß die liebe Tante in ihrem Alter Mangel von allem, kein anständiges Vermögen, keinen Geist und keine Stütze hat als die Reihe ihrer Vorfahren, keinen Schirm als den Stand, in den sie sich verpalisadiert, und kein Ergetzen, als von ihrem Stockwerk herab über die bürgerlichen Häupter wegzusehen. In ihrer Jugend soll sie schön gewesen sein und ihr Leben weggegaukelt, erst mit ihrem Eigensinne manchen armen Jungen gequält und in den reiferen Jahren sich unter den Gehorsam eines alten Offiziers geduckt haben, der gegen diesen Preis und einen leidlichen Unterhalt das eherne Jahrhundert

73

mit ihr zubrachte und starb. Nun sieht sie im eisernen
sich allein und würde nicht angesehn, wär' ihre Nichte
nicht so liebenswürdig.

Den 8. Januar 1772

5 Was das für Menschen sind, deren ganze Seele auf
dem Zeremoniell ruht, deren Dichten und Trachten
jahrelang dahin geht, wie sie um einen Stuhl weiter
hinauf bei Tische sich einschieben wollen! Und nicht,
daß sie sonst keine Angelegenheit hätten: nein,
10 vielmehr häufen sich die Arbeiten, eben weil man
über den kleinen Verdrießlichkeiten von Beförderung
der wichtigen Sachen abgehalten wird. Vorige Woche
gab es bei der Schlittenfahrt Händel, und der ganze
Spaß wurde verdorben.

15   Die Toren, die nicht sehen, daß es eigentlich auf den
Platz gar nicht ankommt, und daß der, der den ersten
hat, so selten die erste Rolle spielt! Wie mancher Kö-
nig wird durch seinen Minister, wie mancher Minister
durch seinen Sekretär regiert! Und wer ist dann der
20 Erste? Der, dünkt mich, der die andern übersieht und
so viel Gewalt oder List hat, ihre Kräfte und Leidenschaften zu Ausführung seiner Pläne anzuspannen.

Am 20. Januar

Ich muß Ihnen schreiben, liebe Lotte, hier in der
25 Stube einer geringen Bauernherberge, in die ich mich
vor einem schweren Wetter geflüchtet habe. So lange
ich in dem traurigen Neste D..., unter dem fremden,
meinem Herzen ganz fremden Volke herumziehe, habe
ich keinen Augenblick gehabt, keinen, an dem mein
30 Herz mich geheißen hätte, Ihnen zu schreiben; und
jetzt in dieser Hütte, in dieser Einsamkeit, in dieser

Einschränkung, da Schnee und Schloßen wider mein Fensterchen wüten, hier waren Sie mein erster Gedanke. Wie ich hereintrat, überfiel mich Ihre Gestalt, Ihr Andenken, o Lotte! so heilig, so warm! Guter Gott! Der erste glückliche Augenblick wieder.   5

Wenn Sie mich sähen, meine Beste, in dem Schwall von Zerstreuung! wie ausgetrocknet meine Sinne werden; nicht einen Augenblick der Fülle des Herzens, nicht eine selige Stunde! nichts! nichts! Ich stehe wie vor einem Raritätenkasten und sehe die Männchen   10
und Gäulchen vor mir herumrücken und frage mich oft, ob es nicht optischer Betrug ist. Ich spiele mit, vielmehr, ich werde gespielt wie eine Marionette und fasse manchmal meinen Nachbar an der hölzernen Hand und schaudere zurück. Des Abends nehme ich   15
mir vor, den Sonnenaufgang zu genießen, und komme nicht aus dem Bette; am Tage hoffe ich, mich des Mondscheins zu erfreuen, und bleibe in meiner Stube. Ich weiß nicht recht, warum ich aufstehe, warum ich schlafen gehe.   20

Der Sauerteig, der mein Leben in Bewegung setzte, fehlt; der Reiz, der mich in tiefen Nächten munter erhielt, ist hin, der mich des Morgens aus dem Schlafe weckte, ist weg.

Ein einzig weibliches Geschöpf habe ich hier gefunden,   25
den, ein Fräulein von B..., sie gleicht Ihnen, liebe Lotte, wenn man Ihnen gleichen kann. Ei! werden Sie sagen, der Mensch legt sich auf niedliche Komplimente! Ganz unwahr ist es nicht. Seit einiger Zeit bin ich sehr artig, weil ich doch nicht anders sein kann,   30
habe viel Witz, und die Frauenzimmer sagen, es wüßte niemand so fein zu loben als ich (und zu lügen, setzen Sie hinzu, denn ohne das geht es nicht ab, verstehen Sie?). Ich wollte von Fräulein B... reden. Sie hat viel Seele, die voll aus ihren blauen Augen hervorblickt.   35
Ihr Stand ist ihr zur Last, der keinen der Wünsche

75

ihres Herzens befriedigt. Sie sehnt sich aus dem Getümmel, und wir verphantasieren manche Stunde in ländlichen Szenen von ungemischter Glückseligkeit; ach! und von Ihnen! Wie oft muß sie Ihnen huldigen,
5 muß nicht, tut es freiwillig, hört so gern von Ihnen, liebt Sie. –

O säß' ich zu Ihren Füßen in dem lieben, vertraulichen Zimmerchen, und unsere kleinen Lieben wälzten sich miteinander um mich herum, und wenn sie Ihnen
10 zu laut würden, wollte ich sie mit einem schauerlichen Märchen um mich zur Ruhe versammeln.

Die Sonne geht herrlich unter über der schneeglänzenden Gegend, der Sturm ist hinübergezogen, und ich – muß mich wieder in meinen Käfig sperren.
15 – Adieu! Ist Albert bei Ihnen? Und wie –? Gott verzeihe mir diese Frage!

Den 8. Februar

Wir haben seit acht Tagen das abscheulichste Wetter, und mir ist es wohltätig. Denn solang ich hier bin,
20 ist mir noch kein schöner Tag am Himmel erschienen, den mir nicht jemand verdorben oder verleidet hätte. Wenn's nun recht regnet und stöbert und fröstelt und taut – ha! denk' ich, kann's doch zu Hause nicht schlimmer werden, als es draußen ist, oder umgekehrt,
25 und so ist's gut. Geht die Sonne des Morgens auf und verspricht einen feinen Tag, erwehr' ich mir niemals auszurufen: Da haben sie doch wieder ein himmlisches Gut, worum sie einander bringen können. Es ist nichts, worum sie einander nicht bringen. Gesundheit, guter
30 Name, Freudigkeit, Erholung! Und meist aus Albernheit, Unbegriff und Enge, und wenn man sie anhört, mit der besten Meinung. Manchmal möcht' ich sie auf den Knien bitten, nicht so rasend in ihre eigenen Eingeweide zu wüten.

Ich fürchte, mein Gesandter und ich halten es zusammen nicht lange mehr aus. Der Mann ist ganz und gar unerträglich. Seine Art zu arbeiten und Geschäfte zu treiben ist so lächerlich, daß ich mich nicht enthalten kann, ihm zu widersprechen und oft eine Sache nach meinem Kopf und meiner Art zu machen, das ihm denn, wie natürlich, niemals recht ist. Darüber hat er mich neulich bei Hofe verklagt, und der Minister gab mir einen zwar sanften Verweis, aber es war doch ein Verweis, und ich stand im Begriffe, meinen Abschied zu begehren, als ich einen Privatbrief[1] von ihm erhielt, einen Brief, vor dem ich niedergekniet und den hohen, edlen, weisen Sinn angebetet habe. Wie er meine allzugroße Empfindlichkeit zurechtweiset, wie er meine überspannten Ideen von Wirksamkeit, von Einfluß auf andere, von Durchdringen in Geschäften als jugendlichen guten Mut zwar ehrt, sie nicht auszurotten, nur zu mildern und dahin zu leiten sucht, wo sie ihr wahres Spiel haben, ihre kräftige Wirkung tun können. Auch bin ich auf acht Tage gestärkt und in mir selbst einig geworden. Die Ruhe der Seele ist ein herrliches Ding und die Freude an sich selbst. Lieber Freund, wenn nur das Kleinod nicht ebenso zerbrechlich wäre, als es schön und kostbar ist.

Am 20. Februar

Gott segne Euch, meine Lieben, gebe Euch alle die guten Tage, die er mir abzieht!

---

[1] Man hat aus Ehrfurcht für diesen trefflichen Herrn gedachten Brief und einen andern, dessen weiter hinten erwähnt wird, dieser Sammlung entzogen, weil man nicht glaubte, eine solche Kühnheit durch den wärmsten Dank des Publikums entschuldigen zu können.

Ich danke Dir, Albert, daß Du mich betrogen hast:
ich wartete auf Nachricht, wann Euer Hochzeitstag
sein würde, und hatte mir vorgenommen, feierlichst
an demselben Lottens Schattenriß von der Wand zu
5 nehmen und ihn unter andere Papiere zu begraben.
Nun seid Ihr ein Paar, und ihr Bild ist noch hier! Nun,
so soll es bleiben! Und warum nicht? Ich weiß, ich bin
ja auch bei Euch, bin, Dir unbeschadet, in Lottens Herzen, habe, ja ich habe den zweiten Platz darin und
10 will und muß ihn behalten. Oh, ich würde rasend
werden, wenn sie vergessen könnte – Albert, in dem
Gedanken liegt eine Hölle. Albert, leb wohl! Leb
wohl, Engel des Himmels! Leb wohl, Lotte!

Den 15. März

15 Ich habe einen Verdruß gehabt, der mich von hier
wegtreiben wird. Ich knirsche mit den Zähnen! Teufel!
Er ist nicht zu ersetzen, und Ihr seid doch allein schuld
daran, die Ihr mich sporntet und triebt und quältet,
mich in einen Posten zu begeben, der nicht nach mei-
20 nem Sinne war. Nun habe ich's! Nun habt Ihr's! Und
daß Du nicht wieder sagst, meine überspannten Ideen
verdürben alles, so hast Du hier, lieber Herr, eine Erzählung, plan und nett, wie ein Chronikenschreiber
das aufzeichnen würde.
25 Der Graf von C... liebt mich, distinguiert mich,
das ist bekannt, das habe ich Dir schon hundertmal
gesagt. Nun war ich gestern bei ihm zu Tafel, eben an
dem Tage, da abends die noble Gesellschaft von Herrn
und Frauen bei ihm zusammenkommt, an die ich
30 nie gedacht habe, auch mir nie aufgefallen ist, daß
wir Subalternen nicht hineingehören. Gut. Ich speise
bei dem Grafen, und nach Tische gehn wir in dem
großen Saal auf und ab, ich rede mit ihm, mit dem

78

Obristen B..., der dazu kommt, und so rückt die Stunde der Gesellschaft heran. Ich denke, Gott weiß, an nichts. Da tritt herein die übergnädige Dame von S... mit ihrem Herrn Gemahle und wohl ausgebrü- 5 teten Gänslein Tochter, mit der flachen Brust und niedlichem Schnürleibe, machen en passant ihre her- gebrachten hochadeligen Augen und Naslöcher, und wie mir die Nation von Herzen zuwider ist, wollte ich mich eben empfehlen und wartete nur, bis der Graf vom garstigen Gewäsche frei wäre, als meine Fräulein 10 B... hereintrat. Da mir das Herz immer ein bißchen aufgeht, wenn ich sie sehe, blieb ich eben, stellte mich hinter ihren Stuhl und bemerkte erst nach einiger Zeit, daß sie mit weniger Offenheit als sonst, mit einiger Verlegenheit mit mir redete. Das fiel mir auf. Ist 15 sie auch wie alle das Volk, dachte ich und war an- gestochen und wollte gehen, und doch blieb ich, weil ich sie gerne entschuldigt hätte und es nicht glaubte und noch ein gut Wort von ihr hoffte und – was Du willst. Unterdessen füllt sich die Gesellschaft. Der 20 Baron F... mit der ganzen Garderobe von den Krö- nungszeiten Franz des Ersten her, der Hofrat R..., hier aber in qualitate Herr von R... genannt, mit seiner tauben Frau usw., den übel fournierten J... nicht zu vergessen, der die Lücken seiner altfränkischen 25 Garderobe mit neumodischen Lappen ausflickt, das kommt zu Hauf, und ich rede mit einigen meiner Be- kanntschaft, die alle sehr lakonisch sind. Ich dachte – und gab nur auf meine B... acht. Ich merkte nicht, daß die Weiber am Ende des Saals sich in die Ohren 30 flüsterten, daß es auf die Männer zirkulierte, daß Frau von S... mit dem Grafen redete (das alles hat mir Fräulein B... nachher erzählt), bis endlich der Graf auf mich losging und mich in ein Fenster nahm. – Sie wissen, sagte er, unsere wunderbaren Verhält- 35 nisse; die Gesellschaft ist unzufrieden, merke ich, Sie

79

hier zu sehn. Ich wollte nicht um alles – Ihro Exzellenz, fiel ich ein, ich bitte tausendmal um Verzeihung; ich hätte eher dran denken sollen, und ich weiß, Sie vergeben mir diese Inkonsequenz; ich wollte schon vorhin mich empfehlen, ein böser Genius hat mich zurückgehalten, setzte ich lächelnd hinzu, indem ich mich neigte. – Der Graf drückte meine Hände mit einer Empfindung, die alles sagte. Ich strich mich sacht aus der vornehmen Gesellschaft, ging, setzte mich in ein Kabriolett, und fuhr nach M ..., dort vom Hügel die Sonne untergehen zu sehen und dabei in meinem Homer den herrlichen Gesang zu lesen, wie Ulyß von dem trefflichen Schweinehirten bewirtet wird. Das war alles gut.

Des Abends komme ich zurück zu Tische, es waren noch wenige in der Gaststube; die würfelten auf einer Ecke, hatten das Tischtuch zurückgeschlagen. Da kommt der ehrliche Adelin hinein, legt seinen Hut nieder, indem er mich ansieht, tritt zu mir und sagt leise: Du hast Verdruß gehabt? – Ich? sagte ich. – Der Graf hat dich aus der Gesellschaft gewiesen. – Hole sie der Teufel! sagt' ich, mir war's lieb, daß ich in die freie Luft kam. – Gut, sagte er, daß Du es auf die leichte Achsel nimmst. Nur verdrießt mich's, es ist schon überall herum. – Da fing mich das Ding erst an zu wurmen. Alle, die zu Tische kamen und mich ansahen, dachte ich, die sehen dich darum an! Das gab böses Blut.

Und da man nun heute gar, wo ich hintrete, mich bedauert, da ich höre, daß meine Neider nun triumphieren und sagen: da sähe man's, wo es mit den Übermütigen hinausginge, die sich ihres bißchen Kopfs überhöben und glaubten, sich darum über alle Verhältnisse hinaussetzen zu dürfen, und was des Hundegeschwätzes mehr ist – da möchte man sich ein Messer ins Herz bohren; denn man rede von Selbständigkeit, was man will, den will ich sehen, der dulden kann, daß

80

Schurken über ihn reden, wenn sie einen Vorteil über ihn haben; wenn ihr Geschwätze leer ist, ach, da kann man sie leicht lassen.

Am 16. März

Es hetzt mich alles. Heute treffe ich die Fräulein B... in der Allee, ich konnte mich nicht enthalten, sie anzureden und ihr, sobald wir etwas entfernt von der Gesellschaft waren, meine Empfindlichkeit über ihr neuliches Betragen zu zeigen. – O Werther, sagte sie mit einem innigen Tone, konnten Sie meine Verwirrung so auslegen, da Sie mein Herz kennen? Was ich gelitten habe um Ihrentwillen, von dem Augenblicke an, da ich in den Saal trat! Ich sah alles voraus, hundertmal saß mir's auf der Zunge, es Ihnen zu sagen. Ich wußte, daß die von S... und T... mit ihren Männern eher aufbrechen würden, als in Ihrer Gesellschaft zu bleiben; ich wußte, daß der Graf es mit Ihnen nicht verderben darf – und jetzt der Lärm! – Wie, Fräulein? sagte ich, und verbarg meinen Schrecken; denn alles, was Adelin mir ehegestern gesagt hatte, lief mir wie siedend Wasser durch die Adern in diesem Augenblicke. – Was hat mich es schon gekostet! sagte das süße Geschöpf, indem ihr die Tränen in den Augen standen. – Ich war nicht Herr mehr von mir selbst, war im Begriffe, mich ihr zu Füßen zu werfen. – Erklären Sie sich, rief ich. – Die Tränen liefen ihr die Wangen herunter. Ich war außer mir. Sie trocknete sie ab, ohne sie verbergen zu wollen. – Meine Tante kennen Sie, fing sie an; sie war gegenwärtig und hat, oh, mit was für Augen hat sie das angesehen! Werther, ich habe gestern nacht ausgestanden und heute früh eine Predigt über meinen Umgang mit Ihnen, und ich habe müssen zuhören Sie herabsetzen, erniedrigen, und konnte und durfte Sie nur halb verteidigen.

Jedes Wort, das sie sprach, ging mir wie ein Schwert durchs Herz. Sie fühlte nicht, welche Barmherzigkeit es gewesen wäre, mir das alles zu verschweigen; und nun fügte sie noch dazu, was weiter würde getrátscht werden, was eine Art Menschen darüber triumphieren würde. Wie man sich nunmehr über die Strafe meines Übermuts und meiner Geringschätzung anderer, die sie mir schon lange vorwerfen, kitzeln und freuen würde. Das alles, Wilhelm, von ihr zu hören, mit der Stimme der wahrsten Teilnehmung – ich war zerstört und bin noch wütend in mir. Ich wollte, daß sich einer unterstünde, mir es vorzuwerfen, daß ich ihm den Degen durch den Leib stoßen könnte; wenn ich Blut sähe, würde mir es besser werden. Ach ich habe hundertmal ein Messer ergriffen, um diesem gedrängten Herzen Luft zu machen. Man erzählt von einer edlen Art Pferde, die, wenn sie schrecklich erhitzt und aufgejagt sind, sich selbst aus Instinkt eine Ader aufbeißen, um sich zum Atem zu helfen. So ist mir's oft, ich möchte mir eine Ader öffnen, die mir die ewige Freiheit schaffte.

Am 24. März

Ich habe meine Entlassung vom Hofe verlangt und werde sie, hoffe ich, erhalten, und Ihr werdet mir verzeihen, daß ich nicht erst Erlaubnis dazu bei Euch geholt habe. Ich mußte nun einmal fort, und was Ihr zu sagen hattet, um mir das Bleiben einzureden, weiß ich alles, und also – Bringe das meiner Mutter in einem Säftchen bei, ich kann mir selbst nicht helfen, und sie mag sich gefallen lassen, wenn ich ihr auch nicht helfen kann. Freilich muß es ihr wehe tun. Den schönen Lauf, den ihr Sohn gerade zum Geheimenrat und Gesandten ansetzte, so auf einmal Halte zu sehen und rückwärts mit dem Tierchen in den Stall! Macht nun

daraus was Ihr wollt, und kombiniert die möglichen
Fälle, unter denen ich hätte bleiben können und sollen; genug, ich gehe, und damit Ihr wißt, wo ich hin-
komme, so ist hier der Fürst **, der vielen Geschmack
an meiner Gesellschaft findet; der hat mich gebeten,   5
da er von meiner Absicht hörte, mit ihm auf seine
Güter zu gehen und den schönen Frühling da zuzu-
bringen. Ich soll ganz mir selbst gelassen sein, hat er
mir versprochen, und da wir uns zusammen bis auf
einen gewissen Punkt verstehn, so will ich es denn   10
auf gut Glück wagen und mit ihm gehen.

Zur Nachricht

Am 19. April

Danke für Deine beiden Briefe. Ich antwortete nicht,
weil ich dieses Blatt liegen ließ, bis mein Abschied   15
vom Hofe da wäre; ich fürchtete, meine Mutter
möchte sich an den Minister wenden und mir mein
Vorhaben erschweren. Nun aber ist es geschehen, mein
Abschied ist da. Ich mag Euch nicht sagen, wie ungern
man mir ihn gegeben hat, und was mir der Minister   20
schreibt: Ihr würdet in neue Lamentationen ausbrechen. Der Erbprinz hat mir zum Abschiede fünf-
undzwanzig Dukaten geschickt, mit einem Wort, das
mich bis zu Tränen gerührt hat; also brauche ich von
der Mutter das Geld nicht, um das ich neulich schrieb.   25

Am 5. Mai

Morgen gehe ich von hier ab, und weil mein Geburts-
ort nur sechs Meilen vom Wege liegt, so will ich

den auch wieder sehen, will mich der alten, glücklich verträumten Tage erinnern. Zu eben dem Tore will ich hineingehn, aus dem meine Mutter mit mir herausfuhr, als sie nach dem Tode meines Vaters den
5 lieben vertraulichen Ort verließ, um sich in ihre unerträgliche Stadt einzusperren. Adieu, Wilhelm, Du sollst von meinem Zuge hören.

Am 9. Mai

Ich habe die Wallfahrt nach meiner Heimat mit aller
10 Andacht eines Pilgrims vollendet, und manche unerwarteten Gefühle haben mich ergriffen. An der großen Linde, die eine Viertelstunde vor der Stadt nach S... zu steht, ließ ich halten, stieg aus und hieß den Postillon fortfahren, um zu Fuße jede Erinnerung ganz
15 neu, lebhaft, nach meinem Herzen zu kosten. Da stand ich nun unter der Linde, die ehedem, als Knabe, das Ziel und die Grenze meiner Spaziergänge gewesen. Wie anders! Damals sehnte ich mich in glücklicher Unwissenheit hinaus in die unbekannte Welt, wo ich
20 für mein Herz so viele Nahrung, so vielen Genuß hoffte, meinen strebenden, sehnenden Busen auszufüllen und zu befriedigen. Jetzt komme ich zurück aus der weiten Welt – o mein Freund, mit wie viel fehlgeschlagenen Hoffnungen, mit wie viel zerstörten Plä-
25 nen! – Ich sah das Gebirge vor mir liegen, das so tausendmal der Gegenstand meiner Wünsche gewesen war. Stundenlang konnt' ich hier sitzen und mich hinübersehen, mit inniger Seele mich in den Wäldern, den Tälern verlieren, die sich meinen Augen so freund-
30 lich-dämmernd darstellten; und wenn ich dann um die bestimmte Zeit wieder zurück mußte, mit welchem Widerwillen verließ ich nicht den lieben Platz! – Ich kam der Stadt näher, alle die alten bekannten Gartenhäuschen wurden von mir gegrüßt, die neuen waren

mir zuwider, so auch alle Veränderungen, die man
sonst vorgenommen hatte. Ich trat zum Tor hinein,
und fand mich doch gleich und ganz wieder. Lieber,
ich mag nicht ins Detail gehn; so reizend, als es mir
war, so einförmig würde es in der Erzählung werden. 5
Ich hatte beschlossen, auf dem Markte zu wohnen,
gleich neben unserem alten Hause. Im Hingehen bemerkte ich, daß die Schulstube, wo ein ehrliches altes
Weib unsere Kindheit zusammengepfercht hatte, in
einen Kramladen verwandelt war. Ich erinnerte mich 10
der Unruhe, der Tränen, der Dumpfheit des Sinnes,
der Herzensangst, die ich in dem Loche ausgestanden
hatte. – Ich tat keinen Schritt, der nicht merkwürdig
war. Ein Pilger im heiligen Lande trifft nicht so viel
Stätten religiöser Erinnerungen an, und seine Seele ist 15
schwerlich so voll heiliger Bewegung. – Noch eins für
tausend. Ich ging den Fluß hinab, bis an einen gewissen Hof; das war sonst auch mein Weg, und die Plätzchen, wo wir Knaben uns übten, die meisten Sprünge
der flachen Steine im Wasser hervorzubringen. Ich er- 20
innerte mich so lebhaft, wenn ich manchmal stand und
dem Wasser nachsah, mit wie wunderbaren Ahnungen
ich es verfolgte, wie abenteuerlich ich mir die Gegen-
den vorstellte, wo es nun hinflösse, und wie ich da so
bald Grenzen meiner Vorstellungskraft fand; und doch 25
mußte das weitergehen, immer weiter, bis ich mich
ganz in dem Anschauen einer unsichtbaren Ferne verlor. – Sieh, mein Lieber, so beschränkt und so glücklich waren die herrlichen Altväter, so kindlich ihr Gefühl, ihre Dichtung! Wenn Ulyß von dem ungemess'- 30
nen Meer und von der unendlichen Erde spricht, das
ist so wahr, menschlich, innig, eng und geheimnisvoll.
Was hilft mich's, daß ich jetzt mit jedem Schulknaben
nachsagen kann, daß sie rund sei? Der Mensch braucht
nur wenige Erdschollen, um drauf zu genießen, weni- 35
ger, um drunter zu ruhen.

Nun bin ich hier, auf dem fürstlichen Jagdschloß. Es läßt sich noch ganz wohl mit dem Herrn leben, er ist wahr und einfach. Wunderliche Menschen sind um ihn herum, die ich gar nicht begreife. Sie scheinen keine Schelmen und haben doch auch nicht das Ansehen von ehrlichen Leuten. Manchmal kommen sie mir ehrlich vor, und ich kann ihnen doch nicht trauen. Was mir noch leid tut, ist, daß er oft von Sachen redet, die er nur gehört und gelesen hat, und zwar aus eben dem Gesichtspunkte, wie sie ihm der andere vorstellen mochte.

Auch schätzt er meinen Verstand und meine Talente mehr als dies Herz, das doch mein einziger Stolz ist, das ganz allein die Quelle von allem ist, aller Kraft, aller Seligkeit und alles Elendes. Ach, was ich weiß, kann jeder wissen – mein Herz habe ich allein.

Am 25. Mai

Ich hatte etwas im Kopfe, davon ich Euch nichts sagen wollte, bis es ausgeführt wäre: jetzt, da nichts draus wird, ist es ebensogut. Ich wollte in den Krieg; das hat mir lange am Herzen gelegen. Vornehmlich darum bin ich dem Fürsten hierher gefolgt, der General in ***schen Diensten ist. Auf einem Spaziergang entdeckte ich ihm mein Vorhaben; er widerriet mir es, und es müßte bei mir mehr Leidenschaft als Grille gewesen sein, wenn ich seinen Gründen nicht hätte Gehör geben wollen.

Am 11. Junius

Sage, was Du willst, ich kann nicht länger bleiben. Was soll ich hier? Die Zeit wird mir lang. Der Fürst hält mich, so gut man nur kann, und doch bin ich nicht

in meiner Lage. Wir haben im Grunde nichts gemein
miteinander. Er ist ein Mann von Verstande, aber von
ganz gemeinem Verstande; sein Umgang unterhält
mich nicht mehr, als wenn ich ein wohlgeschriebenes
Buch lese. Noch acht Tage bleibe ich, und dann ziehe 5
ich wieder in der Irre herum. Das Beste, was ich hier
getan habe, ist mein Zeichnen. Der Fürst fühlt in der
Kunst und würde noch stärker fühlen, wenn er nicht
durch das garstige wissenschaftliche Wesen und durch
die gewöhnliche Terminologie eingeschränkt wäre. 10
Manchmal knirsche ich mit den Zähnen, wenn ich ihn
mit warmer Imagination an Natur und Kunst herum-
führe und er es auf einmal recht gut zu machen denkt,
wenn er mit einem gestempelten Kunstworte drein-
stolpert. 15

Am 16. Junius

Ja, wohl bin ich nur ein Wandrer, ein Waller auf der
Erde! Seid Ihr denn mehr?

Am 18. Junius

Wo ich hin will? Das laß Dir im Vertrauen eröffnen. 20
Vierzehn Tage muß ich doch noch hier bleiben, und
dann habe ich mir weis gemacht, daß ich die Berg-
werke im ***schen besuchen wollte; ist aber im
Grunde nichts dran, ich will nur Lotte wieder näher,
das ist alles. Und ich lache über mein eignes Herz – 25
und tu' ihm seinen Willen.

Am 29. Julius

Nein, es ist gut! Es ist alles gut! – Ich – ihr Mann!
O Gott, der du mich machtest, wenn du mir diese
Seligkeit bereitet hättest, mein ganzes Leben sollte ein 30

87

anhaltendes Gebet sein. Ich will nicht rechten, und verzeihe mir diese Tränen, verzeihe mir meine vergeblichen Wünsche! – Sie meine Frau! Wenn ich das liebste Geschöpf unter der Sonne in meine Arme geschlossen hätte. – Es geht mir ein Schauder durch den ganzen Körper, Wilhelm, wenn Albert sie um den schlanken Leib faßt.

Und, darf ich es sagen? Warum nicht, Wilhelm? Sie wäre mit mir glücklicher geworden als mit ihm! Oh, er ist nicht der Mensch, die Wünsche dieses Herzens alle zu füllen. Ein gewisser Mangel an Fühlbarkeit, ein Mangel – nimm es, wie Du willst, daß sein Herz nicht sympathetisch schlägt bei – oh! – bei der Stelle eines lieben Buches, wo mein Herz und Lottens in Einem zusammentreffen; in hundert andern Vorfällen, wenn es kommt, daß unsere Empfindungen über eine Handlung eines Dritten laut werden. Lieber Wilhelm! – Zwar er liebt sie von ganzer Seele, und so eine Liebe, was verdient die nicht! –

Ein unerträglicher Mensch hat mich unterbrochen. Meine Tränen sind getrocknet. Ich bin zerstreut. Adieu, Lieber!

Am 4. August

Es geht mir nicht allein so. Alle Menschen werden in ihren Hoffnungen getäuscht, in ihren Erwartungen betrogen. Ich besuchte mein gutes Weib unter der Linde. Der älteste Junge lief mir entgegen, sein Freudengeschrei führte die Mutter herbei, die sehr niedergeschlagen aussah. Ihr erstes Wort war: Guter Herr, ach mein Hans ist mir gestorben! – Es war der jüngste ihrer Knaben. Ich war stille. – Und mein Mann, sagte sie, ist aus der Schweiz zurück und hat nichts mitgebracht, und ohne gute Leute hätte er sich herausbetteln müssen, er hatte das Fieber unterwegs gekriegt.

– Ich konnte ihr nichts sagen und schenkte dem Kleinen was, sie bat mich, einige Äpfel anzunehmen, das ich tat und den Ort des traurigen Andenkens verließ.

Am 21. August

Wie man eine Hand umwendet, ist es anders mit mir. Manchmal will wohl ein freudiger Blick des Lebens wieder aufdämmern, ach! nur für einen Augenblick! – Wenn ich mich so in Träumen verliere, kann ich mich des Gedankens nicht erwehren: wie, wenn Albert stürbe? Du würdest! Ja, sie würde – und dann laufe ich dem Hirngespinste nach, bis es mich an Abgründe führet, vor denen ich zurückbebe.

Wenn ich zum Tor hinausgehe, den Weg, den ich zum erstenmal fuhr, Lotten zum Tanze zu holen, wie war das so ganz anders! Alles, alles ist vorübergegangen! Kein Wink der vorigen Welt, kein Pulsschlag meines damaligen Gefühles. Mir ist es, wie es einem Geiste sein müßte, der in das ausgebrannte zerstörte Schloß zurückkehrte, das er als blühender Fürst einst gebaut und, mit allen Gaben der Herrlichkeit ausgestattet, sterbend seinem geliebten Sohne hoffnungsvoll hinterlassen hätte.

Am 3. September

Ich begreife manchmal nicht, wie sie ein anderer lieb haben *kann*, lieb haben *darf*, da ich sie so ganz allein, so innig, so voll liebe, nichts anders kenne, noch weiß, noch habe als sie!

Am 4. September

Ja, es ist so. Wie die Natur sich zum Herbste neigt, wird es Herbst in mir und um mich her. Meine Blätter

werden gelb, und schon sind die Blätter der benachbarten Bäume abgefallen. Hab' ich Dir nicht einmal
von einem Bauerburschen geschrieben, gleich da ich
herkam? Jetzt erkundigte ich mich wieder nach ihm
in Wahlheim; es hieß, er sei aus dem Dienste gejagt
worden, und niemand wollte was weiter von ihm wissen. Gestern traf ich ihn von ungefähr auf dem Wege
nach einem andern Dorfe, ich redete ihn an, und er
erzählte mir seine Geschichte, die mich doppelt und
dreifach gerührt hat, wie Du leicht begreifen wirst,
wenn ich Dir sie wieder erzähle. Doch wozu das alles?
Warum behalt' ich nicht für mich, was mich ängstigt
und kränkt? Warum betrüb' ich noch Dich? Warum
geb' ich Dir immer Gelegenheit, mich zu bedauern und
mich zu schelten? Sei's denn, auch das mag zu meinem
Schicksal gehören!

Mit einer stillen Traurigkeit, in der ich ein wenig
scheues Wesen zu bemerken schien, antwortete der
Mensch mir erst auf meine Fragen; aber gar bald off-
ner, als wenn er sich und mich auf einmal wieder er-
kennte, gestand er mir seine Fehler, klagte er mir sein
Unglück. Könnt' ich Dir, mein Freund, jedes seiner
Worte vor Gericht stellen! Er bekannte, ja er erzählte
mit einer Art von Genuß und Glück der Wieder-
erinnerung, daß die Leidenschaft zu seiner Hausfrau
sich in ihm tagtäglich vermehrt, daß er zuletzt nicht
gewußt habe was er tue, nicht, wie er sich ausdrückte,
wo er mit dem Kopfe hingesollt. Er habe weder essen
noch trinken noch schlafen können, es habe ihm an der
Kehle gestockt, er habe getan, was er nicht tun sollen,
was ihm aufgetragen worden, hab' er vergessen; er sei
als wie von einem bösen Geist verfolgt gewesen, bis
er eines Tags, als er sie in einer obern Kammer gewußt, ihr nachgegangen, ja vielmehr ihr nachgezogen
worden sei; da sie seinen Bitten kein Gehör gegeben,
hab' er sich ihrer mit Gewalt bemächtigen wollen, er

wisse nicht, wie ihm geschehen sei, und nehme Gott zum Zeugen, daß seine Absichten gegen sie immer redlich gewesen, und daß er nichts sehnlicher gewünscht, als daß sie ihn heiraten, daß sie mit ihm ihr Leben zubringen möchte. Da er eine Zeitlang geredet hatte, fing er an zu stocken wie einer, der noch etwas zu sagen hat und sich es nicht herauszusagen getraut; endlich gestand er mir auch mit Schüchternheit, was sie ihm für kleine Vertraulichkeiten erlaubt, und welche Nähe sie ihm vergönnet. Er brach zwei-, dreimal ab und wiederholte die lebhaftesten Protestationen, daß er das nicht sage, um sie schlecht zu machen, wie er sich ausdrückte, daß er sie liebe und schätze wie vorher, daß so etwas nicht über seinen Mund gekommen sei, und daß er es mir nur sage, um mich zu überzeugen, daß er kein ganz verkehrter und unsinniger Mensch sei. – Und hier, mein Bester, fang' ich mein altes Lied wieder an, das ich ewig anstimmen werde: könnt' ich Dir den Menschen vorstellen, wie er vor mir stand, wie er noch vor mir steht! Könnt' ich Dir alles recht sagen, damit Du fühltest, wie ich an seinem Schicksale teilnehme, teilnehmen muß! Doch genug, da Du auch mein Schicksal kennst, auch mich kennst, so weißt Du nur zu wohl, was mich zu allen Unglücklichen, was mich besonders zu diesem Unglücklichen hinzieht.

Da ich das Blatt wieder durchlese, seh' ich, daß ich das Ende der Geschichte zu erzählen vergessen habe, das sich aber leicht hinzudenken läßt. Sie erwehrte sich sein; ihr Bruder kam dazu, der ihn schon lange gehaßt, der ihn schon lange aus dem Hause gewünscht hatte, weil er fürchtet, durch eine neue Heirat der Schwester werde seinen Kindern die Erbschaft entgehn, die ihnen jetzt, da sie kinderlos ist, schöne Hoffnungen gibt; dieser habe ihn gleich zum Hause hinausgestoßen und einen solchen Lärm von der Sache gemacht, daß die Frau, auch selbst wenn sie gewollt, ihn nicht wieder hätte aufnehmen können. Jetzt habe sie wieder einen andern Knecht genommen; auch über den, sage man, sei sie mit dem Bruder zerfallen, und man behaupte für gewiß, sie werde ihn heiraten; aber er sei fest entschlossen, das nicht zu erleben.

Was ich Dir erzähle, ist nicht übertrieben, nichts verzärtelt, ja ich darf wohl sagen, schwach, schwach hab' ich's erzählt, und vergröbert hab' ich's, indem ich's mit unsern hergebrachten sittlichen Worten vorgetragen habe.

Diese Liebe, diese Treue, diese Leidenschaft ist also keine dichterische Erfindung. Sie lebt, sie ist in ihrer größten Reinheit unter der Klasse von Menschen, die wir ungebildet, die wir roh nennen. Wir Gebildeten – zu nichts Verbildeten! Lies die Geschichte mit Andacht, ich bitte Dich. Ich bin heute still, indem ich das hinschreibe; Du siehst an meiner Hand, daß ich nicht so strudele und sudele wie sonst. Lies, mein Geliebter, und denke dabei, daß es auch die Geschichte Deines Freundes ist. Ja, so ist mir's gegangen, so wird mir's gehn, und ich bin nicht halb so brav, nicht halb so entschlossen als der arme Unglückliche, mit dem ich mich zu vergleichen mich fast nicht getraue.

Am 5. September

Sie hatte ein Zettelchen an ihren Mann aufs Land geschrieben, wo er sich Geschäfte wegen aufhielt. Es fing an: Bester, Liebster, komme, sobald Du kannst, ich erwarte Dich mit tausend Freuden. – Ein Freund, der hereinkam, brachte Nachricht, daß er wegen gewisser Umstände so bald noch nicht zurückkehren würde. Das Billett blieb liegen und fiel mir abends in die Hände. Ich las es und lächelte; sie fragte worüber?

– Was die Einbildungskraft für ein göttliches Geschenk
ist, rief ich aus, ich konnte mir einen Augenblick vor-
spiegeln, als wäre es an mich geschrieben. – Sie brach
ab, es schien ihr zu mißfallen, und ich schwieg.

Am 6. September 5

Es hat schwer gehalten, bis ich mich entschloß, meinen blauen einfachen Frack, in dem ich mit Lotten zum
erstenmal tanzte, abzulegen, er ward aber zuletzt gar
unscheinbar. Auch habe ich mir einen machen lassen
ganz wie den vorigen, Kragen und Aufschlag und 10
auch wieder so gelbe Weste und Beinkleider dazu.

Ganz will es doch die Wirkung nicht tun. Ich weiß
nicht – Ich denke, mit der Zeit soll mir der auch
lieber werden.

Am 12. September 15

Sie war einige Tage verreist, Alberten abzuholen.
Heute trat ich in ihre Stube, sie kam mir entgegen,
und ich küßte ihre Hand mit tausend Freuden.

Ein Kanarienvogel flog von dem Spiegel ihr auf die
Schulter. – Einen neuen Freund, sagte sie und lockte 20
ihn auf ihre Hand, er ist meinen Kleinen zugedacht.
Er tut gar zu lieb! Sehen Sie ihn! Wenn ich ihm Brot
gebe, flattert er mit den Flügeln und pickt so artig.
Er küßt mich auch, sehen Sie!

Als sie dem Tierchen den Mund hinhielt, drückte es 25
sich so lieblich in die süßen Lippen, als wenn es die
Seligkeit hätte fühlen können, die es genoß.

Er soll Sie auch küssen, sagte sie und reichte den
Vogel herüber. – Das Schnäbelchen machte den Weg
von ihrem Munde zu dem meinigen, und die pickende 30
Berührung war wie ein Hauch, eine Ahnung liebe-
vollen Genusses.

93

Sein Kuß, sagte ich, ist nicht ganz ohne Begierde, er sucht Nahrung und kehrt unbefriedigt von der leeren Liebkosung zurück.

Er ißt mir auch aus dem Munde, sagte sie. – Sie reichte ihm einige Brosamen mit ihren Lippen, aus denen die Freuden unschuldig teilnehmender Liebe in aller Wonne lächelten.

Ich kehrte das Gesicht weg. Sie sollte es nicht tun! Sollte nicht meine Einbildungskraft mit diesen Bildern himmlischer Unschuld und Seligkeit reizen und mein Herz aus dem Schlafe, in den es manchmal die Gleichgültigkeit des Lebens wiegt, nicht wecken! – Und warum nicht? – Sie traut mir so! Sie weiß, wie ich sie liebe!

Am 15. September

Man möchte rasend werden, Wilhelm, daß es Menschen geben soll ohne Sinn und Gefühl an dem wenigen, was auf Erden noch einen Wert hat. Du kennst die Nußbäume, unter denen ich bei dem ehrlichen Pfarrer zu St... mit Lotten gesessen, die herrlichen Nußbäume! die mich, Gott weiß, immer mit dem größten Seelenvergnügen füllten! Wie vertraulich sie den Pfarrhof machten, wie kühl! und wie herrlich die Äste waren! Und die Erinnerung bis zu den ehrlichen Geistlichen, die sie vor so vielen Jahren pflanzten. Der Schulmeister hat uns den einen Namen oft genannt, den er von seinem Großvater gehört hatte; und so ein braver Mann soll er gewesen sein, und sein Andenken war mir immer heilig unter den Bäumen. Ich sage Dir, dem Schulmeister standen die Tränen in den Augen, da wir gestern davon redeten, daß sie abgehauen worden – Abgehauen! Ich möchte toll werden, ich könnte den Hund ermorden, der den ersten Hieb dran tat. Ich, der ich mich vertrauern könnte, wenn so ein paar

Bäume in meinem Hofe stünden, und einer davon
stürbe vor Alter ab, ich muß zusehen. Lieber Schatz,
eins ist doch dabei! Was Menschengefühl ist! Das
ganze Dorf murrt, und ich hoffe, die Frau Pfarrerin
soll es an Butter und Eiern und übrigem Zutrauen   5
spüren, was für eine Wunde sie ihrem Orte gegeben
hat. Denn sie ist es, die Frau des neuen Pfarrers (unser
alter ist auch gestorben), ein hageres kränkliches Geschöpf, das sehr Ursache hat, an der Welt keinen Anteil zu nehmen; denn niemand nimmt Anteil an ihr.   10
Eine Närrin, die sich abgibt, gelehrt zu sein, sich in
die Untersuchung des Kanons meliert, gar viel an der
neumodischen moralisch-kritischen Reformation des
Christentums arbeitet und über Lavaters Schwär-
mereien die Achseln zuckt, eine ganz zerrüttete Ge-   15
sundheit hat und deswegen auf Gottes Erdboden keine
Freude. So einer Kreatur war es auch allein möglich,
meine Nußbäume abzuhauen. Siehst Du, ich komme
nicht zu mir! Stelle Dir vor, die abfallenden Blätter
machen ihr den Hof unrein und dumpfig, die Bäume   20
nehmen ihr das Tageslicht, und wenn die Nüsse reif
sind, so werfen die Knaben mit Steinen darnach, und
das fällt ihr auf die Nerven, das stört sie in ihren tiefen
Überlegungen, wenn sie Kennikot, Semler und Mi-
chaelis gegeneinander abwiegt. Da ich die Leute im   25
Dorfe, besonders die alten, so unzufrieden sah, sagte
ich: Warum habt ihr es gelitten? – Wenn der Schulze
will, hierzulande, sagten sie, was kann man machen?
– Aber eins ist recht geschehen. Der Schulze und der
Pfarrer, der doch auch von seiner Frauen Grillen, die   30
ihm ohnedies die Suppen nicht fett machen, was haben
wollte, dachten es miteinander zu teilen; da erfuhr es
die Kammer und sagte: hier herein! Denn sie hatte
noch alte Prätensionen an den Teil des Pfarrhofes, wo
die Bäume standen, und verkaufte sie an den Meist-   35
bietenden. Sie liegen! Oh, wenn ich Fürst wäre! Ich

wollte die Pfarrerin, den Schulzen und die Kammer
– Fürst! – Ja, wenn ich Fürst wäre, was kümmerten
mich die Bäume in meinem Lande!

Am 10. Oktober

5 Wenn ich nur ihre schwarzen Augen sehe, ist mir es
schon wohl! Sieh, und was mich verdrießt, ist, daß
Albert nicht so beglückt zu sein scheinet, als er –
hoffte – als ich zu sein glaubte – wenn – Ich mache
nicht gern Gedankenstriche, aber hier kann ich mich
10 nicht anders ausdrücken – und mich dünkt deutlich
genug.

Am 12. Oktober

Ossian hat in meinem Herzen den Homer verdrängt.
Welch eine Welt, in die der Herrliche mich führt! Zu
15 wandern über die Heide, umsaust vom Sturmwinde,
der in dampfenden Nebeln die Geister der Väter im
dämmernden Lichte des Mondes hinführt. Zu hören
vom Gebirge her im Gebrülle des Waldstroms halb
verwehtes Ächzen der Geister aus ihren Höhlen, und
20 die Wehklagen des zu Tode sich jammernden Mädchens, um die vier moosbedeckten grasbewachsenen
Steine des Edelgefallnen, ihres Geliebten. Wenn ich
ihn dann finde, den wandelnden grauen Barden, der
auf der weiten Heide die Fußstapfen seiner Väter
25 sucht, und ach! ihre Grabsteine findet und dann jam-
mernd nach dem lieben Sterne des Abends hinblickt,
der sich ins rollende Meer verbirgt, und die Zeiten
der Vergangenheit in des Helden Seele lebendig werden, da noch der freundliche Strahl den Gefahren der
30 Tapferen leuchtete und der Mond ihr bekränztes, sieg-
rückkehrendes Schiff beschien. Wenn ich den tiefen
Kummer auf seiner Stirn lese, den letzten verlassenen

Herrlichen in aller Ermattung dem Grabe zuwanken
sehe, wie er immer neue schmerzlich glühende Freuden
in der kraftlosen Gegenwart der Schatten seiner Abgeschiedenen einsaugt und nach der kalten Erde, dem
hohen wehenden Grase niedersieht und ausruft: Der 5
Wanderer wird kommen, kommen, der mich kannte
in meiner Schönheit, und fragen: Wo ist der Sänger,
Fingals trefflicher Sohn? Sein Fußtritt geht über mein
Grab hin, und er fragt vergebens nach mir auf der
Erde. – O Freund! ich möchte gleich einem edlen 10
Waffenträger das Schwert ziehen, meinen Fürsten von
der zückenden Qual des langsam absterbenden Lebens
auf einmal befreien und dem befreiten Halbgott meine
Seele nachsenden.

Am 19. Oktober 15

Ach, diese Lücke! Diese entsetzliche Lücke, die ich
hier in meinem Busen fühle! – Ich denke oft, wenn du
sie nur Einmal, nur Einmal an dieses Herz drücken
könntest, diese ganze Lücke würde ausgefüllt sein.

Am 26. Oktober 20

Ja es wird mir gewiß, Lieber! gewiß und immer gewisser, daß an dem Dasein eines Geschöpfs wenig gelegen ist, ganz wenig. Es kam eine Freundin zu Lotten, und ich ging herein ins Nebenzimmer, ein Buch
zu nehmen, und konnte nicht lesen, und dann nahm 25
ich eine Feder, zu schreiben. Ich hörte sie leise reden;
sie erzählten einander unbedeutende Sachen, Stadt-
neuigkeiten: Wie diese heiratet, wie jene krank, sehr
krank ist – sie hat einen trocknen Husten, die Kno-
chen stehn ihr zum Gesichte heraus, und kriegt Ohn- 30
machten; ich gebe keinen Kreuzer für ihr Leben, sagte

die eine. – Der N. N. ist auch so übel dran, sagte Lotte. – Er ist geschwollen, sagte die andere. – Und meine lebhafte Einbildungskraft versetzte mich ans Bett dieser Armen; ich sah sie, mit welchem Widerwillen sie dem Leben den Rücken wandten, wie sie – Wilhelm! und meine Weibchen redeten davon, wie man eben davon redet – daß ein Fremder stirbt. – Und wenn ich mich umsehe, und sehe das Zimmer an und rings um mich Lottens Kleider und Alberts Skripturen und diese Möbeln, denen ich nun so befreundet bin, sogar diesem Tintenfasse, und denke: Siehe, was du nun diesem Hause bist! Alles in allem. Deine Freunde ehren dich! Du machst oft ihre Freude, und deinem Herzen scheint es, als wenn es ohne sie nicht sein könnte; und doch – wenn du nun gingst, wenn du aus diesem Kreise schiedest? Würden sie, wie lange würden sie die Lücke fühlen, die dein Verlust in ihr Schicksal reißt? Wie lange? – Oh, so vergänglich ist der Mensch, daß er auch da, wo er seines Daseins eigentliche Gewißheit hat, da, wo er den einzigen wahren Eindruck seiner Gegenwart macht, in dem Andenken, in der Seele seiner Lieben, daß er auch da verlöschen, verschwinden muß, und das so bald!

Am 27. Oktober

Ich möchte mir oft die Brust zerreißen und das Gehirn einstoßen, daß man einander so wenig sein kann. Ach die Liebe, Freude, Wärme und Wonne, die ich nicht hinzubringe, wird mir der andere nicht geben, und mit einem ganzen Herzen voll Seligkeit werde ich den andern nicht beglücken, der kalt und kraftlos vor mir steht.

Ich habe so viel, und die Empfindung an ihr verschlingt alles, ich habe so viel, und ohne sie wird mir
alles zu nichts.

Am 30. Oktober 5

Wenn ich nicht schon hundertmal auf dem Punkte
gestanden bin, ihr um den Hals zu fallen! Weiß der
große Gott, wie einem das tut, so viel Liebenswürdigkeit vor einem herumkreuzen zu sehen und zuzu-
greifen zu dürfen; und das Zugreifen ist doch der 10
natürlichste Trieb der Menschheit. Greifen die Kinder nicht nach allem, was ihnen in den Sinn fällt? –
Und ich?

Am 3. November

Weiß Gott! ich lege mich so oft zu Bette mit dem 15
Wunsche, ja manchmal mit der Hoffnung, nicht wieder
zu erwachen: und morgens schlage ich die Augen auf,
sehe die Sonne wieder und bin elend. Oh, daß ich
launisch sein könnte, könnte die Schuld aufs Wetter,
auf einen Dritten, auf eine fehlgeschlagene Unterneh- 20
mung schieben, so würde die unerträgliche Last des
Unwillens doch nur halb auf mir ruhen. Wehe mir! Ich
fühle zu wahr, daß an mir allein alle Schuld liegt –
nicht Schuld! Genug, daß in mir die Quelle allen Elendes verborgen ist wie ehemals die Quelle aller Selig- 25
keiten. Bin ich nicht noch eben derselbe, der ehemals
in aller Fülle der Empfindung herumschwebte, dem auf
jedem Tritte ein Paradies folgte, der ein Herz hatte,
eine ganze Welt liebevoll zu umfassen? Und dies Herz
ist jetzt tot, aus ihm fließen keine Entzückungen mehr, 30
meine Augen sind trocken, und meine Sinne, die nicht

99

mehr von erquickenden Tränen gelabt werden, ziehen
ängstlich meine Stirn zusammen. Ich leide viel; denn
ich habe verloren, was meines Lebens einzige Wonne
war, die heilige belebende Kraft, mit der ich Welten
5 um mich schuf; sie ist dahin! – Wenn ich zu meinem
Fenster hinaus an den fernen Hügel sehe, wie die
Morgensonne über ihn her den Nebel durchbricht und
den stillen Wiesengrund bescheint und der sanfte Fluß
zwischen seinen entblätterten Weiden zu mir her-
10 schlängelt – oh! wenn da diese herrliche Natur so
starr vor mir steht wie ein lackiertes Bildchen und alle
die Wonne keinen Tropfen Seligkeit aus meinem Herzen herauf in das Gehirn pumpen kann und der ganze
Kerl vor Gottes Angesicht steht wie ein versiegter
15 Brunnen, wie ein verlechter Eimer. Ich habe mich oft
auf den Boden geworfen und Gott um Tränen gebeten wie ein Ackersmann um Regen, wenn der Himmel ehern über ihm ist und um ihn die Erde ver-
dürstet.
20   Aber ach! ich fühle es, Gott gibt Regen und Son-
nenschein nicht unserm ungestümen Bitten, und jene
Zeiten, deren Andenken mich quält, warum waren sie
so selig, als weil ich mit Geduld seinen Geist erwartete und die Wonne, die er über mich ausgoß, mit
25 ganzem, innig dankbarem Herzen aufnahm!

                                        Am 8. November

Sie hat mir meine Exzesse vorgeworfen! Ach, mit so
viel Liebenswürdigkeit! Meine Exzesse, daß ich mich
manchmal von einem Glase Wein verleiten lasse, eine
30 Bouteille zu trinken. – Tun Sie es nicht, sagte sie, denken Sie an Lotten! – Denken! sagte ich, brauchen Sie
mir das zu heißen? Ich denke! – ich denke nicht! Sie
sind immer vor meiner Seele. Heute saß ich an dem

Flecke, wo Sie neulich aus der Kutsche stiegen – Sie
redete was anders, um mich nicht tiefer in den Text
kommen zu lassen. Bester! ich bin dahin! Sie kann
mit mir machen, was sie will.

Am 15. November

Ich danke Dir, Wilhelm, für Deinen herzlichen Anteil, für Deinen wohlmeinenden Rat und bitte Dich,
ruhig zu sein. Laß mich ausdulden, ich habe bei aller
meiner Müdseligkeit noch Kraft genug durchzusetzen.
Ich ehre die Religion, das weißt Du, ich fühle, daß sie
manchem Ermatteten Stab, manchem Verschmachten-
den Erquickung ist. Nur – kann sie denn, muß sie
denn das einem jeden sein? Wenn Du die große Welt
ansiehst, so siehst Du Tausende, denen sie es nicht
war, Tausende, denen sie es nicht sein wird, gepredigt
oder ungepredigt, und muß sie mir es denn sein? Sagt
nicht selbst der Sohn Gottes: daß die um ihn sein
würden, die ihm der Vater gegeben hat? Wenn ich
ihm nun nicht gegeben bin? Wenn mich nun der Vater
für sich behalten will, wie mir mein Herz sagt? – Ich
bitte Dich, lege das nicht falsch aus; sieh nicht etwa
Spott in diesen unschuldigen Worten; es ist meine
ganze Seele, die ich Dir vorlege; sonst wollte ich lieber, ich hätte geschwiegen: wie ich denn über alles
das, wovon jedermann so wenig weiß als ich, nicht
gern ein Wort verliere. Was ist es anders als Men-
schenschicksal, sein Maß auszuleiden, seinen Becher
auszutrinken? – Und ward der Kelch dem Gott vom
Himmel auf seiner Menschenlippe zu bitter, warum
soll ich groß tun und mich stellen, als schmeckte er
mir süß? Und warum sollte ich mich schämen, in dem
schrecklichen Augenblick, da mein ganzes Wesen zwischen Sein und Nichtsein zittert, da die Vergangenheit
wie ein Blitz über dem finstern Abgrunde der Zukunft

101

leuchtet und alles um mich her versinkt und mit mir
die Welt untergeht? – Ist es da nicht die Stimme der
ganz in sich gedrängten, sich selbst ermangelnden und
unaufhaltsam hinabstürzenden Kreatur, in den innern
5 Tiefen ihrer vergebens aufarbeitenden Kräfte zu knir-
schen: Mein Gott! mein Gott! warum hast du mich
verlassen? Und sollt' ich mich des Ausdruckes schämen, sollte mir es vor dem Augenblicke bange sein,
da ihm der nicht entging, der die Himmel zusammen-
10 rollt wie ein Tuch?

Am 21. November

Sie sieht nicht, sie fühlt nicht, daß sie ein Gift bereitet, das mich und sie zugrunde richten wird; und
ich mit voller Wollust schlürfe den Becher aus, den sie
15 mir zu meinem Verderben reicht. Was soll der gütige
Blick, mit dem sie mich oft – oft? – nein, nicht oft,
aber doch manchmal ansieht, die Gefälligkeit, womit
sie einen unwillkürlichen Ausdruck meines Gefühles
aufnimmt, das Mitleiden mit meiner Duldung, das sich
20 auf ihrer Stirne zeichnet?

Gestern, als ich wegging, reichte sie mir die Hand
und sagte: Adieu, lieber Werther! – Lieber Werther!
Es war das erstemal, daß sie mich Lieber hieß, und es
ging mir durch Mark und Bein. Ich habe es mir hun-
25 dertmal wiederholt und gestern nacht, da ich zu Bette
gehen wollte und mit mir selbst allerlei schwatzte,
sagte ich so auf einmal: Gute Nacht, lieber Werther!
und mußte hernach selbst über mich lachen.

Am 22. November

30 Ich kann nicht beten: Laß mir sie! und doch kommt
sie mir oft als die Meine vor. Ich kann nicht beten:

102

Gib mir sie! denn sie ist eines andern. Ich witzle mich
mit meinen Schmerzen herum; wenn ich mir's nach-
ließe, es gäbe eine ganze Litanei von Antithesen.

Am 24. November

Sie fühlt was ich dulde. Heute ist mir ihr Blick   5
tief durchs Herz gedrungen. Ich fand sie allein; ich
sagte nichts und sie sah mich an. Und ich sah nicht
mehr in ihr die liebliche Schönheit, nicht mehr das
Leuchten des trefflichen Geistes, das war alles vor
meinen Augen verschwunden. Ein weit herrlicherer   10
Blick wirkte auf mich, voll Ausdruck des innigsten
Anteils, des süßesten Mitleidens. Warum durfte ich
mich nicht ihr zu Füßen werfen? Warum durfte ich
nicht an ihrem Halse mit tausend Küssen antworten?
Sie nahm ihre Zuflucht zum Klavier und hauchte mit   15
süßer leiser Stimme harmonische Laute zu ihrem
Spiele. Nie habe ich ihre Lippen so reizend gesehn; es
war, als wenn sie sich lechzend öffneten, jene süßen
Töne in sich zu schlürfen, die aus dem Instrument
hervorquollen, und nur der heimliche Widerschall aus   20
dem reinen Munde zurückklänge – Ja, wenn ich Dir
das so sagen könnte! – Ich widerstand nicht länger,
neigte mich und schwur: nie will ich es wagen, einen
Kuß euch aufzudrücken, Lippen! auf denen die Geister
des Himmels schweben – Und doch – ich will – Ha!   25
siehst Du, das steht wie eine Scheidewand vor meiner
Seele – diese Seligkeit – und dann untergegangen,
diese Sünde abzubüßen – Sünde?

Am 26. November

Manchmal sag' ich mir: Dein Schicksal ist einzig;   30
preise die übrigen glücklich – so ist noch keiner ge-

quält worden. Dann lese ich einen Dichter der Vorzeit,
und es ist mir, als säh' ich in mein eignes Herz. Ich
habe so viel auszustehen! Ach sind denn Menschen
vor mir schon so elend gewesen?

5   Am 30. November

Ich soll, ich soll nicht zu mir selbst kommen! Wo ich
hintrete, begegnet mir eine Erscheinung, die mich aus
aller Fassung bringt. Heute! Oh Schicksal! Oh Menschheit!
10   Ich gehe an dem Wasser hin in der Mittagsstunde,
ich hatte keine Lust zu essen. Alles war öde, ein naß-
kalter Abendwind blies vom Berge, und die grauen
Regenwolken zogen das Tal hinein. Von fern seh' ich
einen Menschen in einem grünen schlechten Rocke,
15 der zwischen den Felsen herumkrabbelte und Kräuter
zu suchen schien. Als ich näher zu ihm kam und er
sich auf das Geräusch, das ich machte, herumdrehte,
sah ich eine gar interessante Physiognomie, darin eine
stille Trauer den Hauptzug machte, die aber sonst
20 nichts als einen geraden guten Sinn ausdrückte; seine
schwarzen Haare waren mit Nadeln in zwei Rollen
gesteckt und die übrigen in einen starken Zopf ge-
flochten, der ihm den Rücken herunter hing. Da mir
seine Kleidung einen Menschen von geringem Stande
25 zu bezeichnen schien, glaubte ich, er würde es nicht
übel nehmen, wenn ich auf seine Beschäftigung aufmerksam wäre, und daher fragte ich ihn, was er
suchte? – Ich suche, antwortete er mit einem tiefen
Seufzer, Blumen – und finde keine. – Das ist auch die
30 Jahreszeit nicht, sagte ich lächelnd. – Es gibt so viele
Blumen, sagte er, indem er zu mir herunterkam. In
meinem Garten sind Rosen und Jelängerjelieber
zweierlei Sorten, eine hat mir mein Vater gegeben, sie
wachsen wie Unkraut; ich suche schon zwei Tage dar-

nach und kann sie nicht finden. Da haußen sind auch immer Blumen, gelbe und blaue und rote, und das Tausendgüldenkraut hat ein schönes Blümchen. Keines kann ich finden. – Ich merkte was Unheimliches, und drum fragte ich durch einen Umweg: Was will Er denn mit den Blumen? – Ein wunderbares zuckendes Lächeln verzog sein Gesicht. – Wenn Er mich nicht verraten will, sagte er, indem er den Finger auf den Mund drückte, ich habe meinem Schatz einen Strauß versprochen. – Das ist brav, sagte ich. – Oh, sagte er, sie hat viel andere Sachen, sie ist reich. – Und doch hat sie Seinen Strauß lieb, versetzte ich. – Oh! fuhr er fort, sie hat Juwelen und eine Krone. – Wie heißt sie denn? – Wenn mich die Generalstaaten bezahlen wollten, versetzte er, ich wär' ein anderer Mensch! Ja, es war einmal eine Zeit, da mir es so wohl war! Jetzt ist es aus mit mir. Ich bin nun – Ein nasser Blick zum Himmel drückte alles aus. – Er war also glücklich? fragte ich. – Ach ich wollte, ich wäre wieder so! sagte er. Da war mir es so wohl, so lustig, so leicht wie einem Fisch im Wasser! – Heinrich! rief eine alte Frau, die den Weg herkam, Heinrich, wo steckst du? Wir haben dich überall gesucht, komm zum Essen! – Ist das Euer Sohn? fragt' ich, zu ihr tretend. – Wohl, mein armer Sohn! versetzte sie. Gott hat mir ein schweres Kreuz aufgelegt. – Wie lange ist er so? fragte ich. – So stille, sagte sie, ist er nun ein halbes Jahr. Gott sei Dank, daß er nur so weit ist, vorher war er ein ganzes Jahr rasend, da hat er an Ketten im Tollhause gelegen. Jetzt tut er niemand nichts, nur hat er immer mit Königen und Kaisern zu schaffen. Es war ein so guter stiller Mensch, der mich ernähren half, seine schöne Hand schrieb, und auf einmal wird er tiefsinnig, fällt in ein hitziges Fieber, daraus in Raserei, und nun ist er, wie Sie ihn sehen. Wenn ich Ihnen erzählen sollte, Herr – Ich unterbrach den

Strom ihrer Worte mit der Frage: Was war denn das
für eine Zeit, von der er rühmt, daß er so glücklich, so
wohl darin gewesen sei? – Der törichte Mensch! rief
sie mit mitleidigem Lächeln, da meint er die Zeit, da
5 er von sich war, das rühmt er immer; das ist die Zeit,
da er im Tollhause war, wo er nichts von sich wußte.
– Das fiel mir auf wie ein Donnerschlag, ich drückte
ihr ein Stück Geld in die Hand und verließ sie eilend.

Da du glücklich warst! rief ich aus, schnell vor mich
10 hin nach der Stadt zu gehend, da dir es wohl war wie
einem Fisch im Wasser! – Gott im Himmel! hast du
das zum Schicksale der Menschen gemacht, daß sie
nicht glücklich sind, als ehe sie zu ihrem Verstande
kommen und wenn sie ihn wieder verlieren! – Elen-
15 der! Und auch wie beneide ich deinen Trübsinn, die
Verwirrung deiner Sinne, in der du verschmachtest!
Du gehst hoffnungsvoll aus, deiner Königin Blumen zu
pflücken – im Winter – und trauerst, da du keine
findest, und begreifst nicht, warum du keine finden
20 kannst. Und ich – und ich gehe ohne Hoffnung, ohne
Zweck heraus und kehre wieder heim, wie ich gekommen bin. – Du wähnst, welcher Mensch du sein würdest, wenn die Generalstaaten dich bezahlten. Seliges
Geschöpf! das den Mangel seiner Glückseligkeit einem
25 irdischen Hindernis zuschreiben kann. Du fühlst nicht!
Du fühlst nicht, daß in deinem zerstörten Herzen, in
deinem zerrütteten Gehirne dein Elend liegt, wovon
alle Könige der Erde dir nicht helfen können.

Müsse der trostlos umkommen, der eines Kranken
30 spottet, der nach der entferntesten Quelle reist, die
seine Krankheit vermehren, sein Ausleben schmerz-
hafter machen wird! der sich über das bedrängte Herz
erhebt, das, um seine Gewissensbisse los zu werden
und die Leiden seiner Seele abzutun, eine Pilgrim-
35 schaft nach dem Heiligen Grabe tut. Jeder Fußtritt,
der seine Sohlen auf ungebahntem Wege durchschnei-

106

det, ist ein Linderungstropfen der geängsteten Seele, und mit jeder ausgedauerten Tagereise legt sich das Herz um viele Bedrängnisse leichter nieder. – Und dürft ihr das Wahn nennen, ihr Wortkrämer auf euren Polstern? – Wahn! – O Gott! du siehst meine Tränen! Mußtest du, der du den Menschen arm genug erschufst, ihm auch Brüder zugeben, die ihm das bißchen Armut, das bißchen Vertrauen noch raubten, das er auf dich hat, auf dich, du Alliebender! Denn das Vertrauen zu einer heilenden Wurzel, zu den Tränen des Weinstockes, was ist es als Vertrauen zu dir, daß du in alles, was uns umgibt, Heil- und Linderungskraft gelegt hast, der wir so stündlich bedürfen? Vater! den ich nicht kenne! Vater! der sonst meine ganze Seele füllte und nun sein Angesicht von mir gewendet hat! rufe mich zu dir! schweige nicht länger! Dein Schweigen wird diese dürstende Seele nicht aufhalten – Und würde ein Mensch, ein Vater zürnen können, dem sein unvermutet rückkehrender Sohn um den Hals fiele und riefe: Ich bin wieder da, mein Vater! Zürne nicht, daß ich die Wanderschaft abbreche, die ich nach deinem Willen länger aushalten sollte. Die Welt ist überall einerlei, auf Mühe und Arbeit Lohn und Freude; aber was soll mir das? Mir ist nur wohl, wo du bist, und vor deinem Angesichte will ich leiden und genießen. – Und du, lieber himmlischer Vater, solltest ihn von dir weisen?

Am 1. Dezember

Wilhelm! der Mensch, von dem ich Dir schrieb, der glückliche Unglückliche, war Schreiber bei Lottens Vater, und eine Leidenschaft zu ihr, die er nährte, verbarg, entdeckte und worüber er aus dem Dienst geschickt wurde, hat ihn rasend gemacht. Fühle bei diesen trocknen Worten, mit welchem Unsinne mich die Geschichte ergriffen hat, da mir sie Albert ebenso gelassen erzählte, als Du sie vielleicht liesest.

Am 4. Dezember

Ich bitte Dich – Siehst Du, mit mir ist's aus, ich
trag' es nicht länger! Heute saß ich bei ihr – saß, sie
spielte auf ihrem Klavier, mannigfaltige Melodien,
und all den Ausdruck! all! – all! – Was willst Du? –
Ihr Schwesterchen putzte ihre Puppe auf meinem Knie.
Mir kamen die Tränen in die Augen. Ich neigte mich,
und ihr Trauring fiel mir ins Gesicht – meine Tränen
flossen – Und auf einmal fiel sie in die alte, himmel-
süße Melodie ein, so auf einmal, und mir durch die
Seele gehn ein Trostgefühl und eine Erinnerung des
Vergangenen, der Zeiten, da ich das Lied gehört, der
düstern Zwischenräume, des Verdrusses, der fehlgeschlagenen Hoffnungen, und dann – Ich ging in der
Stube auf und nieder, mein Herz erstickte unter dem
Zudringen. – Um Gottes willen, sagte ich, mit einem
heftigen Ausbruch hin gegen sie fahrend, um Gottes
willen, hören Sie auf! – Sie hielt und sah mich starr
an. – Werther, sagte sie mit einem Lächeln, das mir
durch die Seele ging, Werther, Sie sind sehr krank.
Ihre Lieblingsgerichte widerstehen Ihnen. Gehen Sie!
Ich bitte Sie, beruhigen Sie sich. – Ich riß mich von
ihr weg, und – Gott! du siehst mein Elend und wirst
es enden.

Am 6. Dezember

Wie mich die Gestalt verfolgt! Wachend und träu-
mend füllt sie meine ganze Seele! Hier, wenn ich die
Augen schließe, hier in meiner Stirne, wo die innere
Sehkraft sich vereinigt, stehen ihre schwarzen Augen.
Hier! Ich kann Dir es nicht ausdrücken. Mache ich

meine Augen zu, so sind sie da; wie ein Meer, wie ein Abgrund ruhen sie vor mir, in mir, füllen die Sinne meiner Stirn.

Was ist der Mensch, der gepriesene Halbgott! Ermangeln ihm nicht eben da die Kräfte, wo er sie am 5 nötigsten braucht? Und wenn er in Freude sich aufschwingt oder im Leiden versinkt, wird er nicht in beiden eben da aufgehalten, eben da zu dem stumpfen kalten Bewußtsein wieder zurückgebracht, da er sich in der Fülle des Unendlichen zu verlieren sehnte? 10

Der Herausgeber an den Leser

Wie sehr wünscht' ich, daß uns von den letzten merkwürdigen Tagen unsers Freundes so viel eigenhändige Zeugnisse übrig geblieben wären, daß ich nicht nötig hätte, die Folge seiner hinterlassenen Briefe 15 durch Erzählung zu unterbrechen.

Ich habe mir angelegen sein lassen, genaue Nachrichten aus dem Munde derer zu sammeln, die von seiner Geschichte wohl unterrichtet sein konnten; sie ist einfach, und es kommen alle Erzählungen davon, 20 bis auf wenige Kleinigkeiten, miteinander überein; nur über die Sinnesarten der handelnden Personen sind die Meinungen verschieden und die Urteile geteilt.

Was bleibt uns übrig, als dasjenige, was wir mit wiederholter Mühe erfahren können, gewissenhaft zu 25 erzählen, die von dem Abscheidenden hinterlassenen Briefe einzuschalten und das kleinste aufgefundene Blättchen nicht gering zu achten; zumal da es so schwer ist, die eigensten wahren Triebfedern auch nur einer einzelnen Handlung zu entdecken, wenn sie unter 30 Menschen vorgeht, die nicht gemeiner Art sind.

Unmut und Unlust hatten in Werthers Seele immer tiefer Wurzel geschlagen, sich fester untereinander verschlungen und sein ganzes Wesen nach und nach eingenommen. Die Harmonie seines Geistes war völlig zerstört, eine innerliche Hitze und Heftigkeit, die alle Kräfte seiner Natur durcheinander arbeitete, brachte die widrigsten Wirkungen hervor und ließ ihm zuletzt nur eine Ermattung übrig, aus der er noch ängstlicher emporstrebte, als er mit allen Übeln bisher gekämpft hatte. Die Beängstigung seines Herzens zehrte die übrigen Kräfte seines Geistes, seine Lebhaftigkeit, seinen Scharfsinn auf, er ward ein trauriger Gesellschafter, immer unglücklicher und immer ungerechter, je unglücklicher er ward. Wenigstens sagen dies Alberts Freunde; sie behaupten, daß Werther einen reinen ruhigen Mann, der nun eines lang gewünschten Glücks teilhaftig geworden, und sein Betragen, sich dieses Glück auch auf die Zukunft zu erhalten, nicht habe beurteilen können, er, der gleichsam mit jedem Tage sein ganzes Vermögen verzehrte, um an dem Abend zu leiden und zu darben. Albert, sagen sie, hatte sich in so kurzer Zeit nicht verändert, er war noch immer derselbige, den Werther so vom Anfang her kannte, so sehr schätzte und ehrte. Er liebte Lotten über alles, er war stolz auf sie und wünschte sie auch von jedermann als das herrlichste Geschöpf anerkannt zu wissen. War es ihm daher zu verdenken, wenn er auch jeden Schein des Verdachtes abzuwenden wünschte, wenn er in dem Augenblicke mit niemand diesen köstlichen Besitz auch auf die unschuldigste Weise zu teilen Lust hatte? Sie gestehen ein, daß Albert oft das Zimmer seiner Frau verlassen, wenn Werther bei ihr war, aber nicht aus Haß noch Abneigung gegen seinen Freund, sondern nur, weil er gefühlt habe, daß dieser von seiner Gegenwart gedrückt sei.

Lottens Vater war von einem Übel befallen worden, das ihn in der Stube hielt, er schickte ihr seinen Wagen, und sie fuhr hinaus. Es war ein schöner Wintertag, der erste Schnee war stark gefallen und deckte die ganze Gegend.

Werther ging ihr den andern Morgen nach, um, wenn Albert sie nicht abzuholen käme, sie herein zu begleiten.

Das klare Wetter konnte wenig auf sein trübes Gemüt wirken, ein dumpfer Druck lag auf seiner Seele, die traurigen Bilder hatten sich bei ihm festgesetzt, und sein Gemüt kannte keine Bewegung als von einem schmerzlichen Gedanken zum andern.

Wie er mit sich in ewigem Unfrieden lebte, schien ihm auch der Zustand andrer nur bedenklicher und verworrner, er glaubte, das schöne Verhältnis zwischen Albert und seiner Gattin gestört zu haben, er machte sich Vorwürfe darüber, in die sich ein heimlicher Unwille gegen den Gatten mischte.

Seine Gedanken fielen auch unterwegs auf diesen Gegenstand. Ja, ja, sagte er zu sich selbst, mit heimlichem Zähneknirschen: das ist der vertraute, freundliche, zärtliche, an allem teilnehmende Umgang, die ruhige dauernde Treue! Sattigkeit ist's und Gleichgültigkeit! Zieht ihn nicht jedes elende Geschäft mehr an als die teure köstliche Frau? Weiß er sein Glück zu schätzen? Weiß er sie zu achten, wie sie es verdient? Er hat sie, nun gut, er hat sie – Ich weiß das, wie ich was anders auch weiß; ich glaube an den Gedanken gewöhnt zu sein, er wird mich noch rasend machen, er wird mich noch umbringen – Und hat denn die Freundschaft zu mir Stich gehalten? Sieht er nicht in meiner Anhänglichkeit an Lotten schon einen Eingriff in seine Rechte, in meiner Aufmerksamkeit für sie einen stillen Vorwurf? Ich weiß es wohl, ich fühl' es, er sieht mich ungern, er wünscht meine Entfernung, meine Gegenwart ist ihm beschwerlich.

Oft hielt er seinen raschen Schritt an, oft stand er stille und schien umkehren zu wollen; allein er rich-

tete seinen Gang immer wieder vorwärts und war mit
diesen Gedanken und Selbstgesprächen endlich gleichsam wider Willen bei dem Jagdhause angekommen.

Er trat in die Tür, fragte nach dem Alten und nach
5 Lotten, er fand das Haus in einiger Bewegung. Der
älteste Knabe sagte ihm, es sei drüben in Wahlheim
ein Unglück geschehn, es sei ein Bauer erschlagen
worden! – Es machte das weiter keinen Eindruck auf
ihn. – Er trat in die Stube und fand Lotten beschäf-
10 tigt, dem Alten zuzureden, der ungeachtet seiner
Krankheit hinüberwollte, um an Ort und Stelle die
Tat zu untersuchen. Der Täter war noch unbekannt,
man hatte den Erschlagenen des Morgens vor der
Haustür gefunden, man hatte Mutmaßungen: der
15 Entleibte war Knecht einer Witwe, die vorher einen
andern im Dienst gehabt, der mit Unfrieden aus dem
Hause gekommen war.

Da Werther dieses hörte, fuhr er mit Heftigkeit auf.
– Ist's möglich! rief er aus, ich muß hinüber, ich kann
20 nicht einen Augenblick ruhn. – Er eilte nach Wahlheim zu, jede Erinnerung ward ihm lebendig, und er
zweifelte nicht einen Augenblick, daß jener Mensch
die Tat begangen, den er so manchmal gesprochen, der
ihm so wert geworden war.

25 Da er durch die Linden mußte, um nach der Schenke
zu kommen, wo sie den Körper hingelegt hatten, entsetzt' er sich vor dem sonst so geliebten Platze. Jene
Schwelle, worauf die Nachbarskinder so oft gespielt
hatten, war mit Blut besudelt. Liebe und Treue, die
30 schönsten menschlichen Empfindungen, hatten sich in
Gewalt und Mord verwandelt. Die starken Bäume
standen ohne Laub und bereift, die schönen Hecken,
die sich über die niedrige Kirchhofmauer wölbten,
waren entblättert, und die Grabsteine sahen mit
35 Schnee bedeckt durch die Lücken hervor.

Als er sich der Schenke näherte, vor welcher das

ganze Dorf versammelt war, entstand auf einmal ein
Geschrei. Man erblickte von fern einen Trupp bewaff-
neter Männer, und ein jeder rief, daß man den Täter
herbeiführe. Werther sah hin und blieb nicht lange
zweifelhaft. Ja! es war der Knecht, der jene Witwe so   5
sehr liebte, den er vor einiger Zeit mit dem stillen
Grimme, mit der heimlichen Verzweiflung umher-
gehend, angetroffen hatte.

Was hast du begangen, Unglücklicher! rief Werther
aus, indem er auf den Gefangenen losging. – Dieser   10
sah ihn still an, schwieg und versetzte endlich ganz
gelassen: Keiner wird sie haben, sie wird keinen
haben. – Man brachte den Gefangenen in die Schenke,
und Werther eilte fort.

Durch die entsetzliche gewaltige Berührung war   15
alles, was in seinem Wesen lag, durcheinander geschüt-
telt worden. Aus seiner Trauer, seinem Mißmut,
seiner gleichgültigen Hingegebenheit wurde er auf
einen Augenblick herausgerissen; unüberwindlich
bemächtigte sich die Teilnehmung seiner, und es ergriff   20
ihn eine unsägliche Begierde, den Menschen zu retten.
Er fühlte ihn so unglücklich, er fand ihn als Ver-
brecher selbst so schuldlos, er setzte sich so tief in
seine Lage, daß er gewiß glaubte, auch andere davon
zu überzeugen. Schon wünschte er für ihn sprechen zu   25
können, schon drängte sich der lebhafteste Vortrag
nach seinen Lippen; er eilte nach dem Jagdhause und
konnte sich unterwegs nicht enthalten, alles das, was
er dem Amtmann vorstellen wollte, schon halblaut
auszusprechen.   30

Als er in die Stube trat, fand er Alberten gegenwärtig, dies verstimmte ihn einen Augenblick; doch
faßte er sich bald wieder und trug dem Amtmanne
feurig seine Gesinnungen vor. Dieser schüttelte einigemal den Kopf, und obgleich Werther mit der größten   35
Lebhaftigkeit, Leidenschaft und Wahrheit alles vor-

brachte, was ein Mensch zur Entschuldigung eines Menschen sagen kann, so war doch, wie sich's leicht denken läßt, der Amtmann dadurch nicht gerührt. Er ließ vielmehr unsern Freund nicht ausreden, wider-
5 sprach ihm eifrig und tadelte ihn, daß er einen Meu- chelmörder in Schutz nehme! Er zeigte ihm, daß auf diese Weise jedes Gesetz aufgehoben, alle Sicherheit des Staates zugrund gerichtet werde, auch, setzte er hinzu, daß er in einer solchen Sache nichts tun könne,
10 ohne sich die größte Verantwortung aufzuladen; es müsse alles in der Ordnung, in dem vorgeschriebenen Gang gehen.

Werther ergab sich noch nicht, sondern bat nur, der Amtmann möchte durch die Finger sehn, wenn man
15 dem Menschen zur Flucht behülflich wäre! Auch damit wies ihn der Amtmann ab. Albert, der sich endlich ins Gespräch mischte, trat auch auf des Alten Seite: Werther wurde überstimmt, und mit einem entsetz- lichen Leiden machte er sich auf den Weg, nachdem
20 ihm der Amtmann einigemal gesagt hatte: Nein, er ist nicht zu retten!

Wie sehr ihm diese Worte aufgefallen sein müssen, sehn wir aus einem Zettelchen, das sich unter seinen Papieren fand, und das gewiß an dem nämlichen Tage
25 geschrieben worden.

»Du bist nicht zu retten, Unglücklicher! Ich sehe wohl, daß wir nicht zu retten sind.«

Was Albert zuletzt über die Sache des Gefangenen in Gegenwart des Amtmanns gesprochen, war Wer-
30 thern höchst zuwider gewesen: er glaubte, einige Emp- findlichkeit gegen sich darin bemerkt zu haben, und wenn gleich bei mehrerem Nachdenken seinem Scharfsinne nicht entging, daß beide Männer recht haben möchten, so war es ihm doch, als ob er seinem
35 innersten Dasein entsagen müßte, wenn er es gestehen, wenn er es zugeben sollte.

Ein Blättchen, das sich darauf bezieht, das vielleicht sein ganzes Verhältnis zu Albert ausdrückt, finden wir unter seinen Papieren.

»Was hilft es, daß ich mir's sage und wieder sage, er ist brav und gut, aber es zerreißt mir mein inneres Eingeweide; ich kann nicht gerecht sein.«

Weil es ein gelinder Abend war und das Wetter anfing, sich zum Tauen zu neigen, ging Lotte mit Alberten zu Fuße zurück. Unterwegs sah sie sich hier und da um, eben, als wenn sie Werthers Begleitung vermißte. Albert fing von ihm an zu reden, er tadelte ihn, indem er ihm Gerechtigkeit widerfahren ließ. Er berührte seine unglückliche Leidenschaft und wünschte, daß es möglich sein möchte, ihn zu entfernen. – Ich wünsch' es auch um unsertwillen, sagt' er, und ich bitte dich, fuhr er fort, siehe zu, seinem Betragen gegen dich eine andere Richtung zu geben, seine öftern Besuche zu vermindern. Die Leute werden aufmerksam, und ich weiß, daß man hier und da drüber gesprochen hat. – Lotte schwieg, und Albert schien ihr Schweigen empfunden zu haben, wenigstens seit der Zeit erwähnte er Werthers nicht mehr gegen sie, und wenn sie seiner erwähnte, ließ er das Gespräch fallen oder lenkte es woanders hin.

Der vergebliche Versuch, den Werther zur Rettung des Unglücklichen gemacht hatte, war das letzte Auflodern der Flamme eines verlöschenden Lichtes; er versank nur desto tiefer in Schmerz und Untätigkeit; besonders kam er fast außer sich, als er hörte, daß man ihn vielleicht sogar zum Zeugen gegen den Menschen, der sich nun aufs Leugnen legte, auffordern könnte.

Alles, was ihm Unangenehmes jemals in seinem wirksamen Leben begegnet war, der Verdruß bei der Gesandtschaft, alles was ihm sonst mißlungen war, was ihn je gekränkt hatte, ging in seiner Seele auf

und nieder. Er fand sich durch alles dieses wie zur
Untätigkeit berechtigt, er fand sich abgeschnitten von
aller Aussicht, unfähig, irgendeine Handhabe zu
ergreifen, mit denen man die Geschäfte des gemeinen
5 Lebens anfaßt, und so rückte er endlich, ganz seiner
wunderbaren Empfindung, Denkart und einer end-
losen Leidenschaft hingegeben, in dem ewigen Einerlei
eines traurigen Umgangs mit dem liebenswürdigen
und geliebten Geschöpfe, dessen Ruhe er störte, in
10 seine Kräfte stürmend, sie ohne Zweck und Aussicht
abarbeitend, immer einem traurigen Ende näher.

Von seiner Verworrenheit, Leidenschaft, von seinem
rastlosen Treiben und Streben, von seiner Lebensmüde
sind einige hinterlassene Briefe die stärksten Zeugnisse,
15 die wir hier einrücken wollen.

»Am 12. Dezember

Lieber Wilhelm, ich bin in einem Zustande, in dem
jene Unglücklichen gewesen sein müssen, von denen
man glaubte, sie würden von einem bösen Geiste
20 umhergetrieben. Manchmal ergreift mich's; es ist nicht
Angst, nicht Begier – es ist ein inneres unbekanntes
Toben, das meine Brust zu zerreißen droht, das mir
die Gurgel zupreßt! Wehe, wehe! Und dann schweife
ich umher in den furchtbaren nächtlichen Szenen dieser
25 menschenfeindlichen Jahrszeit.

Gestern abend mußte ich hinaus. Es war plötzlich
Tauwetter eingefallen; ich hatte gehört, der Fluß sei
übergetreten, alle Bäche geschwollen und von Wahlheim herunter mein liebes Tal überschwemmt! Nachts
30 nach Eilfe rannte ich hinaus. Ein fürchterliches Schauspiel, vom Fels herunter die wühlenden Fluten in dem
Mondlichte wirbeln zu sehen, über Äcker und Wiesen
und Hecken und alles, und das weite Tal hinauf und

116

hinab Eine stürmende See im Sausen des Windes! Und
wenn dann der Mond wieder hervortrat und über der
schwarzen Wolke ruhte und vor mir hinaus die Flut
in fürchterlich herrlichem Widerschein rollte und
klang: da überfiel mich ein Schauer und wieder ein 5
Sehnen! Ach mit offenen Armen stand ich gegen den
Abgrund und atmete hinab! hinab! und verlor mich
in der Wonne, meine Qualen, mein Leiden da hinab-
zustürmen! dahinzubrausen wie die Wellen! Oh! –
und den Fuß vom Boden zu heben vermochtest du 10
nicht, und alle Qualen zu enden! – Meine Uhr ist
noch nicht ausgelaufen, ich fühle es! O Wilhelm! wie
gern hätte ich mein Menschsein drum gegeben, mit
jenem Sturmwinde die Wolken zu zerreißen, die Fluten
zu fassen! Ha! und wird nicht vielleicht dem Ein- 15
gekerkerten einmal diese Wonne zuteil? –

Und wie ich wehmütig hinabsah auf ein Plätzchen,
wo ich mit Lotten unter einer Weide geruht, auf einem
heißen Spaziergange, – das war auch überschwemmt,
und kaum daß ich die Weide erkannte, Wilhelm! Und 20
ihre Wiesen, dachte ich, die Gegend um ihr Jagdhaus!
wie verstört jetzt vom reißenden Strome unsere Laube!
dacht' ich. Und der Vergangenheit Sonnenstrahl blickte
herein, wie einem Gefangenen ein Traum von Herden,
Wiesen und Ehrenämtern! Ich stand! – Ich schelte 25
mich nicht, denn ich habe Mut zu sterben. – Ich hätte
– Nun sitze ich hier wie ein altes Weib, das ihr Holz
von Zäunen stoppelt und ihr Brot an den Türen,
um ihr hinsterbendes freudeloses Dasein noch einen
Augenblick zu verlängern und zu erleichtern.«   30

»Am 14. Dezember

Was ist das, mein Lieber? Ich erschrecke vor mir
selbst! Ist nicht meine Liebe zu ihr die heiligste,

reinste, brüderlichste Liebe? Habe ich jemals einen
strafbaren Wunsch in meiner Seele gefühlt? – Ich will
nicht beteuern – Und nun, Träume! Oh, wie wahr
fühlten die Menschen, die so widersprechende Wirkungen fremden Mächten zuschrieben! Diese Nacht!
Ich zittere es zu sagen, hielt ich sie in meinen Armen,
fest an meinen Busen gedrückt und deckte ihren liebe-
lispelnden Mund mit unendlichen Küssen; mein Auge
schwamm in der Trunkenheit des ihrigen! Gott! bin
ich strafbar, daß ich auch jetzt noch eine Seligkeit
fühle, mir diese glühenden Freuden mit voller Innig-
keit zurückzurufen? Lotte! Lotte! – Und mit mir ist
es aus! Meine Sinne verwirren sich, schon acht Tage
habe ich keine Besinnungskraft mehr, meine Augen
sind voll Tränen. Ich bin nirgend wohl und überall
wohl. Ich wünsche nichts, verlange nichts. Mir wäre
besser, ich ginge.«

Der Entschluß, die Welt zu verlassen, hatte in
dieser Zeit, unter solchen Umständen in Werthers
Seele immer mehr Kraft gewonnen. Seit der Rückkehr
zu Lotten war es immer seine letzte Aussicht und Hoffnung gewesen; doch hatte er sich gesagt, es solle keine
übereilte, keine rasche Tat sein, er wolle mit der besten
Überzeugung, mit der möglichst ruhigen Entschlossen-
heit diesen Schritt tun.
Seine Zweifel, sein Streit mit sich selbst blicken aus
einem Zettelchen hervor, das wahrscheinlich ein
angefangener Brief an Wilhelm ist und ohne Datum
unter seinen Papieren gefunden worden.

»Ihre Gegenwart, ihr Schicksal, ihre Teilnehmung
an dem meinigen preßt noch die letzten Tränen aus
meinem versengten Gehirne.
Den Vorhang aufzuheben und dahinter zu treten!
Das ist alles! Und warum das Zaudern und Zagen?

118

Weil man nicht weiß, wie es dahinten aussieht? und man nicht wiederkehrt? Und daß das nun die Eigenschaft unseres Geistes ist, da Verwirrung und Finsternis zu ahnen, wovon wir nichts Bestimmtes wissen.«

Endlich ward er mit dem traurigen Gedanken immer mehr verwandt und befreundet und sein Vorsatz fest und unwiderruflich, wovon folgender zweideutige Brief, den er an seinen Freund schrieb, ein Zeugnis abgibt.

»Am 20. Dezember

Ich danke Deiner Liebe, Wilhelm, daß Du das Wort so aufgefangen hast. Ja, Du hast recht: mir wäre besser, ich ginge. Der Vorschlag, den Du zu einer Rückkehr zu Euch tust, gefällt mir nicht ganz; wenigstens möchte ich noch gern einen Umweg machen, besonders da wir anhaltenden Frost und gute Wege zu hoffen haben. Auch ist mir es sehr lieb, daß Du kommen willst, mich abzuholen; verziehe nur noch vierzehn Tage und erwarte noch einen Brief von mir mit dem Weiteren. Es ist nötig, daß nichts gepflückt werde, ehe es reif ist. Und vierzehn Tage auf oder ab tun viel. Meiner Mutter sollst Du sagen: daß sie für ihren Sohn beten soll, und daß ich sie um Vergebung bitte, wegen alles Verdrusses, den ich ihr gemacht habe. Das war nun mein Schicksal, die zu betrüben, denen ich Freude schuldig war. Leb wohl, mein Teuerster! Allen Segen des Himmels über Dich! Leb wohl!«

Was in dieser Zeit in Lottens Seele vorging, wie ihre Gesinnungen gegen ihren Mann, gegen ihren unglücklichen Freund gewesen, getrauen wir uns kaum mit Worten auszudrücken, ob wir uns gleich davon, nach der Kenntnis ihres Charakters, wohl einen stillen

Begriff machen können und eine schöne weibliche
Seele sich in die ihrige denken und mit ihr empfinden
kann.

So viel ist gewiß, sie war fest bei sich entschlossen,
5 alles zu tun, um Werthern zu entfernen, und wenn sie
zauderte, so war es eine herzliche, freundschaftliche
Schonung, weil sie wußte, wieviel es ihm kosten, ja
daß es ihm beinahe unmöglich sein würde. Doch ward
sie in dieser Zeit mehr gedrängt, Ernst zu machen; es
10 schwieg ihr Mann ganz über dies Verhältnis, wie sie
auch immer darüber geschwiegen hatte, und um so
mehr war ihr angelegen, ihm durch die Tat zu bewei-
sen, wie ihre Gesinnungen der seinigen wert seien.

An demselben Tage, als Werther den zuletzt einge-
15 schalteten Brief an seinen Freund geschrieben, es war
der Sonntag vor Weihnachten, kam er abends zu
Lotten und fand sie allein. Sie beschäftigte sich, einige
Spielwerke in Ordnung zu bringen, die sie ihren kleinen Geschwistern zum Christgeschenke zurechtge-
20 macht hatte. Er redete von dem Vergnügen, das die
Kleinen haben würden, und von den Zeiten, da einen
die unerwartete Öffnung der Tür und die Erscheinung
eines aufgeputzten Baumes mit Wachslichtern, Zucker-
werk und Äpfeln in paradiesische Entzückung setzte. –
25 Sie sollen, sagte Lotte, indem sie ihre Verlegenheit
unter ein liebes Lächeln verbarg, Sie sollen auch
beschert kriegen, wenn Sie recht geschickt sind; ein
Wachsstöckchen und noch was. – Und was heißen Sie
geschickt sein? rief er aus; wie soll ich sein, wie kann
30 ich sein? beste Lotte! – Donnerstag abend, sagte sie,
ist Weihnachtsabend, da kommen die Kinder, mein
Vater auch, da kriegt jedes das Seinige, da kommen
Sie auch – aber nicht eher. – Werther stutzte. – Ich
bitte Sie, fuhr sie fort, es ist nun einmal so, ich bitte
35 Sie um meiner Ruhe willen, es kann nicht, es kann
nicht so bleiben. – Er wendete seine Augen von ihr

120

und ging in der Stube auf und ab und murmelte das: Es kann nicht so bleiben! zwischen den Zähnen. Lotte, die den schrecklichen Zustand fühlte, worein ihn diese Worte versetzt hatten, suchte durch allerlei Fragen seine Gedanken abzulenken, aber vergebens. – Nein, Lotte, rief er aus: ich werde Sie nicht wieder sehen! – Warum das? versetzte sie, Werther, Sie können, Sie müssen uns wieder sehen, nur mäßigen Sie sich. Oh, warum mußten Sie mit dieser Heftigkeit, dieser unbezwinglich haftenden Leidenschaft für alles, was Sie einmal anfassen, geboren werden! Ich bitte Sie, fuhr sie fort, indem sie ihn bei der Hand nahm, mäßigen Sie sich! Ihr Geist, Ihre Wissenschaften, Ihre Talente, was bieten die Ihnen für mannigfaltige Ergetzungen dar! Seien Sie ein Mann! Wenden Sie diese traurige Anhänglichkeit von einem Geschöpf, das nichts tun kann als Sie bedauern. – Er knirrte mit den Zähnen und sah sie düster an. Sie hielt seine Hand: Nur einen Augenblick ruhigen Sinn, Werther! sagte sie. Fühlen Sie nicht, daß Sie sich betriegen, sich mit Willen zugrunde richten! Warum denn mich, Werther? just mich, das Eigentum eines andern? just das? Ich fürchte, ich fürchte, es ist nur die Unmöglichkeit, mich zu besitzen, die Ihnen diesen Wunsch so reizend macht. – Er zog seine Hand aus der ihrigen, indem er sie mit einem starren, unwilligen Blick ansah. – Weise! rief er, sehr weise! Hat vielleicht Albert diese Anmerkung gemacht? Politisch! sehr politisch! – Es kann sie jeder machen, versetzte sie drauf. Und sollte denn in der weiten Welt kein Mädchen sein, das die Wünsche Ihres Herzens erfüllte? Gewinnen Sie's über sich, suchen Sie darnach, und ich schwöre Ihnen, Sie werden sie finden; denn schon lange ängstet mich, für Sie und uns, die Einschränkung, in die Sie sich diese Zeit her selbst gebannt haben. Gewinnen Sie es über sich! Eine Reise wird Sie, muß Sie zerstreuen! Suchen Sie, finden

Sie einen werten Gegenstand Ihrer Liebe, und kehren
Sie zurück und lassen Sie uns zusammen die Seligkeit
einer wahren Freundschaft genießen.

Das könnte man, sagte er mit einem kalten Lachen,
5 drucken lassen und allen Hofmeistern empfehlen.
Liebe Lotte! Lassen Sie mir noch ein klein wenig
Ruh, es wird alles werden! – Nur das, Werther, daß
Sie nicht eher kommen als Weihnachtsabend! – Er
wollte antworten, und Albert trat in die Stube. Man
10 bot sich einen frostigen Guten Abend und ging ver-
legen im Zimmer nebeneinander auf und nieder. Werther fing einen unbedeutenden Diskurs an, der bald
aus war, Albert desgleichen, der sodann seine Frau
nach gewissen Aufträgen fragte, und als er hörte, sie
15 seien noch nicht ausgerichtet, ihr einige Worte sagte,
die Werthern kalt, ja gar hart vorkamen. Er wollte
gehen, er konnte nicht und zauderte bis acht, da sich
denn sein Unmut und Unwillen immer vermehrte, bis
der Tisch gedeckt wurde und er Hut und Stock nahm.
20 Albert lud ihn zu bleiben, er aber, der nur ein unbedeutendes Kompliment zu hören glaubte, dankte kalt
dagegen und ging weg.

Er kam nach Hause, nahm seinem Burschen, der
ihm leuchten wollte, das Licht aus der Hand und ging
25 allein in sein Zimmer, weinte laut, redete aufgebracht
mit sich selbst, ging heftig die Stube auf und ab und
warf sich endlich in seinen Kleidern aufs Bette, wo
ihn der Bediente fand, der es gegen Eilfe wagte, hin-
einzugehn, um zu fragen, ob er dem Herrn die Stiefeln
30 ausziehen sollte? das er denn zuließ und dem Bedienten
verbot, den andern Morgen ins Zimmer zu kommen,
bis er ihm rufen würde.

Montags früh, den einundzwanzigsten Dezember,
schrieb er folgenden Brief an Lotten, den man nach
35 seinem Tode versiegelt auf seinem Schreibtische gefunden und ihr überbracht hat, und den ich absatz-

weise hier einrücken will, so wie aus den Umständen erhellet, daß er ihn geschrieben habe.

»Es ist beschlossen, Lotte, ich will sterben, und das schreibe ich Dir ohne romantische Überspannung, gelassen, an dem Morgen des Tages, an dem ich Dich zum letzten Male sehen werde. Wenn du dieses liesest, meine Beste, deckt schon das kühle Grab die erstarrten Reste des Unruhigen, Unglücklichen, der für die letzten Augenblicke seines Lebens keine größere Süßigkeit weiß, als sich mit Dir zu unterhalten. Ich habe eine schreckliche Nacht gehabt, und ach! eine wohltätige Nacht. Sie ist es, die meinen Entschluß befestiget, bestimmt hat: ich will sterben! Wie ich mich gestern von Dir riß, in der fürchterlichen Empörung meiner Sinne, wie sich alles das nach meinem Herzen drängte, und mein hoffnungsloses freudeloses Dasein neben Dir in gräßlicher Kälte mich anpackte – ich erreichte kaum mein Zimmer, ich warf mich außer mir auf meine Knie, und o Gott! du gewährtest mir das letzte Labsal der bittersten Tränen! Tausend Anschläge, tausend Aussichten wüteten durch meine Seele, und zuletzt stand er da, fest, ganz, der letzte einzige Gedanke: Ich will sterben! – Ich legte mich nieder, und morgens, in der Ruhe des Erwachens, steht er noch fest, noch ganz stark in meinem Herzen: ich will sterben! – Es ist nicht Verzweiflung, es ist Gewißheit, daß ich ausgetragen habe, und daß ich mich opfere für Dich. Ja, Lotte! warum sollte ich es verschweigen? Eins von uns dreien muß hinweg, und das will ich sein! O meine Beste! In diesem zerrissenen Herzen ist es wütend herumgeschlichen, oft – Deinen Mann zu ermorden! – Dich! – mich! – So sei es denn! – Wenn Du hinaufsteigst auf den Berg, an einem schönen Sommerabende, dann erinnere Dich meiner, wie ich so oft das Tal heraufkam, und dann blicke nach dem Kirchhofe hin-

über, nach meinem Grabe, wie der Wind das hohe Gras im Scheine der sinkenden Sonne hin- und herwiegt. – Ich war ruhig, da ich anfing, nun, nun weine ich wie ein Kind, da alles das so lebhaft um mich
5 wird. –«

Gegen zehn Uhr rief Werther seinem Bedienten, und unter dem Anziehen sagte er ihm: wie er in einigen Tagen verreisen würde; er solle daher die Kleider auskehren und alles zum Einpacken zurecht
10 machen; auch gab er ihm Befehl, überall Kontos zu fordern, einige ausgeliehene Bücher abzuholen und einigen Armen, denen er wöchentlich etwas zu geben gewohnt war, ihr Zugeteiltes auf zwei Monate voraus zu bezahlen.
15 Er ließ sich das Essen auf die Stube bringen, und nach Tische ritt er hinaus zum Amtmanne, den er nicht zu Hause antraf. Er ging tiefsinnig im Garten auf und ab und schien noch zuletzt alle Schwermut der Erinnerung auf sich häufen zu wollen.
20 Die Kleinen ließen ihn nicht lange in Ruhe, sie verfolgten ihn, sprangen an ihm hinauf, erzählten ihm: daß, wenn morgen und wieder morgen und noch ein Tag wäre, sie die Christgeschenke bei Lotten holten, und erzählten ihm Wunder, die sich ihre kleine Einbildungskraft versprach. – Morgen! rief er aus, und
25 wieder morgen! und noch ein Tag! – und küßte sie alle herzlich und wollte sie verlassen, als ihm der Kleine noch etwas in das Ohr sagen wollte. Der verriet ihm, die großen Brüder hätten schöne Neujahrs-
30 wünsche geschrieben, so groß! und einen für den Papa, für Albert und Lotten einen und auch einen für Herrn Werther; die wollten sie am Neujahrstage früh überreichen. Das übermannte ihn, er schenkte jedem etwas, setzte sich zu Pferde, ließ den Alten grüßen, und ritt
35 mit Tränen in den Augen davon.

Gegen fünf kam er nach Hause, befahl der Magd, nach dem Feuer zu sehen und es bis in die Nacht zu unterhalten. Den Bedienten hieß er Bücher und Wäsche unten in den Koffer packen und die Kleider einnähen. Darauf schrieb er wahrscheinlich folgenden 5 Absatz seines letzten Briefes an Lotten.

»Du erwartest mich nicht! Du glaubst, ich würde gehorchen und erst Weihnachtsabend Dich wieder sehn. O Lotte! heut oder nie mehr. Weihnachtsabend hältst Du dieses Papier in Deiner Hand, zitterst und 10 benetzest es mit Deinen lieben Tränen. Ich will, ich muß! Oh, wie wohl ist es mir, daß ich entschlossen bin.«

Lotte war indes in einen sonderbaren Zustand geraten. Nach der letzten Unterredung mit Werthern hatte sie empfunden, wie schwer es ihr fallen werde, 15 sich von ihm zu trennen, was er leiden würde, wenn er sich von ihr entfernen sollte.

Es war wie im Vorübergehn in Alberts Gegenwart gesagt worden, daß Werther vor Weihnachtsabend nicht wiederkommen werde, und Albert war zu einem 20 Beamten in der Nachbarschaft geritten, mit dem er Geschäfte abzutun hatte, und wo er über Nacht ausbleiben mußte.

Sie saß nun allein; keins von ihren Geschwistern war um sie, sie überließ sich ihren Gedanken, die stille 25 über ihren Verhältnissen herumschweiften. Sie sah sich nun mit dem Mann auf ewig verbunden, dessen Liebe und Treue sie kannte, dem sie von Herzen zugetan war, dessen Ruhe, dessen Zuverlässigkeit recht vom Himmel dazu bestimmt zu sein schien, daß eine 30 wackere Frau das Glück ihres Lebens darauf gründen sollte; sie fühlte, was er ihr und ihren Kindern auf immer sein würde. Auf der andern Seite war ihr Werther so teuer geworden; gleich von dem ersten Augen-

125

blick ihrer Bekanntschaft an hatte sich die Überein-
stimmung ihrer Gemüter so schön gezeigt, der lange
dauernde Umgang mit ihm, so manche durchlebten
Situationen hatten einen unauslöschlichen Eindruck auf
5 ihr Herz gemacht. Alles, was sie Interessantes fühlte
und dachte, war sie gewohnt, mit ihm zu teilen, und
seine Entfernung drohete, in ihr ganzes Wesen eine
Lücke zu reißen, die nicht wieder ausgefüllt werden
konnte. Oh, hätte sie ihn in dem Augenblick zum
10 Bruder umwandeln können, wie glücklich wäre sie
gewesen! – Hätte sie ihn einer ihrer Freundinnen
verheiraten dürfen, hätte sie hoffen können, auch sein
Verhältnis gegen Albert ganz wieder herzustellen!
    Sie hatte ihre Freundinnen der Reihe nach durch-
15 gedacht und fand bei einer jeglichen etwas auszu-
setzen, fand keine, der sie ihn gegönnt hätte.
    Über allen diesen Betrachtungen fühlte sie erst tief,
ohne sich es deutlich zu machen, daß ihr herzliches
heimliches Verlangen sei, ihn für sich zu behalten, und
20 sagte sich daneben, daß sie ihn nicht behalten könne,
behalten dürfe; ihr reines, schönes, sonst so leichtes
und leicht sich helfendes Gemüt empfand den Druck
einer Schwermut, dem die Aussicht zum Glück verschlossen ist. Ihr Herz war gepreßt, und eine trübe
25 Wolke lag über ihrem Auge.
    So war es halb sieben geworden, als sie Werthern
die Treppe heraufkommen hörte und seinen Tritt,
seine Stimme, die nach ihr fragte, bald erkannte. Wie
schlug ihr Herz, und wir dürfen fast sagen zum ersten-
30 mal, bei seiner Ankunft. Sie hätte sich gern vor ihm
verleugnen lassen, und als er hereintrat, rief sie ihm
mit einer Art von leidenschaftlicher Verwirrung entgegen: Sie haben nicht Wort gehalten. – Ich habe
nichts versprochen, war seine Antwort. – So hätten
35 Sie wenigstens meiner Bitte stattgeben sollen, versetzte sie, ich bat Sie um unser beider Ruhe.

126

Sie wußte nicht recht, was sie sagte, ebensowenig was sie tat, als sie nach einigen Freundinnen schickte, um nicht mit Werthern allein zu sein. Er legte einige Bücher hin, die er gebracht hatte, fragte nach andern, und sie wünschte, bald daß ihre Freundinnen kommen, bald daß sie wegbleiben möchten. Das Mädchen kam zurück und brachte die Nachricht, daß sich beide entschuldigen ließen.

Sie wollte das Mädchen mit ihrer Arbeit in das Nebenzimmer sitzen lassen; dann besann sie sich wieder anders. Werther ging in der Stube auf und ab, sie trat ans Klavier und fing ein Menuett an, sie wollte nicht fließen. Sie nahm sich zusammen und setzte sich gelassen zu Werthern, der seinen gewöhnlichen Platz auf dem Kanapee eingenommen hatte.

Haben Sie nichts zu lesen? sagte sie. – Er hatte nichts. – Da drin in meiner Schublade, fing sie an, liegt Ihre Übersetzung einiger Gesänge Ossians; ich habe sie noch nicht gelesen, denn ich hoffte immer, sie von Ihnen zu hören; aber zeither hat sich's nicht finden, nicht machen wollen. – Er lächelte, holte die Lieder, ein Schauer überfiel ihn, als er sie in die Hände nahm, und die Augen standen ihm voll Tränen, als er hineinsah. Er setzte sich nieder und las.

»Stern der dämmernden Nacht, schön funkelst du in Westen, hebst dein strahlend Haupt aus deiner Wolke, wandelst stattlich deinen Hügel hin. Wornach blickst du auf die Heide? Die stürmenden Winde haben sich gelegt; von ferne kommt des Gießbachs Murmeln; rauschende Wellen spielen am Felsen ferne; das Gesumme der Abendfliegen schwärmet übers Feld. Wornach siehst du, schönes Licht? Aber du lächelst und gehst, freudig umgeben dich die Wellen und baden dein liebliches Haar. Lebe wohl, ruhiger Strahl. Erscheine, du herrliches Licht von Ossians Seele!

Und es erscheint in seiner Kraft. Ich sehe meine
geschiedenen Freunde, sie sammeln sich auf Lora, wie
in den Tagen, die vorüber sind. – Fingal kommt wie
eine feuchte Nebelsäule; um ihn sind seine Helden,
5 und, siehe! die Barden des Gesanges: Grauer Ullin!
stattlicher Ryno! Alpin, lieblicher Sänger! und du,
sanft klagende Minona! – Wie verändert seid ihr,
meine Freunde, seit den festlichen Tagen auf Selma,
da wir buhlten um die Ehre des Gesangs, wie Früh-
10 lingslüfte den Hügel hin wechselnd beugen das schwach
lispelnde Gras.
    Da trat Minona hervor in ihrer Schönheit, mit
niedergeschlagenem Blick und tränenvollem Auge,
schwer floß ihr Haar im unsteten Winde, der von dem
15 Hügel herstieß. – Düster ward's in der Seele der Helden,
als sie die liebliche Stimme erhob; denn oft hatten sie
das Grab Salgars gesehen, oft die finstere Wohnung
der weißen Colma. Colma, verlassen auf dem Hügel,
mit der harmonischen Stimme; Salgar versprach zu
20 kommen; aber ringsum zog sich die Nacht. Höret
Colmas Stimme, da sie auf dem Hügel allein saß.

Colma

Es ist Nacht! – Ich bin allein, verloren auf dem stürmischen Hügel. Der Wind saust im Gebirge. Der Strom
25 heult den Felsen hinab. Keine Hütte schützt mich vor
dem Regen, mich Verlaßne auf dem stürmischen Hügel.
    Tritt, o Mond, aus deinen Wolken! Erscheinet,
Sterne der Nacht! Leite mich irgendein Strahl zu dem
Orte, wo meine Liebe ruht von den Beschwerden der
30 Jagd, sein Bogen neben ihm abgespannt, seine Hunde
schnobend um ihn! Aber hier muß ich sitzen allein auf
dem Felsen des verwachsenen Stroms. Der Strom und
der Sturm saust, ich höre nicht die Stimme meines
Geliebten.

Warum zaudert mein Salgar? Hat er sein Wort vergessen? – Da ist der Fels und der Baum und hier der rauschende Strom! Mit einbrechender Nacht versprachst du hier zu sein; ach! wohin hat sich mein Salgar verirrt? Mit dir wollt' ich fliehen, verlassen Vater und Bruder! die Stolzen! Lange sind unsere Geschlechter Feinde, aber wir sind keine Feinde, o Salgar!

Schweig eine Weile, o Wind, still eine kleine Weile, o Strom! daß meine Stimme klinge durchs Tal, daß mein Wanderer mich höre. Salgar! ich bin's, die ruft! Hier ist der Baum und der Fels! Salgar! mein Lieber! hier bin ich; warum zauderst du zu kommen?

Sieh, der Mond erscheint, die Flut glänzt im Tale, die Felsen stehen grau den Hügel hinauf; aber ich seh' ihn nicht auf der Höhe, seine Hunde vor ihm her verkündigen nicht seine Ankunft. Hier muß ich sitzen allein.

Aber wer sind, die dort unten liegen auf der Heide? – Mein Geliebter? Mein Bruder? Redet, o meine Freunde! Sie antworten nicht. Wie geängstet ist meine Seele! – Ach sie sind tot! Ihre Schwerter rot vom Gefechte! O mein Bruder, mein Bruder! warum hast du meinen Salgar erschlagen? O mein Salgar! warum hast du meinen Bruder erschlagen? Ihr wart mir beide so lieb! Oh, du warst schön an dem Hügel unter Tausenden! Er war schrecklich in der Schlacht. Antwortet mir! hört meine Stimme, meine Geliebten! Aber ach! sie sind stumm! stumm auf ewig! kalt, wie die Erde, ist ihr Busen!

Oh, von dem Felsen des Hügels, von dem Gipfel des stürmenden Berges, redet, Geister der Toten! Redet! mir soll es nicht grausen! – Wohin seid ihr zur Ruhe gegangen? In welcher Gruft des Gebirges soll ich euch finden! – Keine schwache Stimme vernehme ich im Winde, keine wehende Antwort im Sturme des Hügels.

Ich sitze in meinem Jammer, ich harre auf den Mor-

gen in meinen Tränen. Wühlet das Grab, ihr Freunde
der Toten; aber schließt es nicht, bis ich komme. Mein
Leben schwindet wie ein Traum, wie sollt' ich zurück-
bleiben. Hier will ich wohnen mit meinen Freunden an
5 dem Strome des klingenden Felsens – Wenn's Nacht
wird auf dem Hügel und Wind kommt über die Heide,
soll mein Geist im Winde stehn und trauern den Tod
meiner Freunde. Der Jäger hört mich aus seiner Laube,
fürchtet meine Stimme und liebt sie; denn süß soll
10 meine Stimme sein um meine Freunde, sie waren mir
beide so lieb!

Das war dein Gesang, o Minona, Tormans sanft
errötende Tochter. Unsere Tränen flossen um Colma,
und unsere Seele ward düster.

15 Ullin trat auf mit der Harfe und gab uns Alpins
Gesang – Alpins Stimme war freundlich, Rynos Seele
ein Feuerstrahl. Aber schon ruhten sie im engen Hause,
und ihre Stimme war verhallet in Selma. Einst kehrte
Ullin zurück von der Jagd, ehe die Helden noch fielen.
20 Er hörte ihren Wettegesang auf dem Hügel. Ihr Lied
war sanft, aber traurig. Sie klagten Morars Fall, des
Ersten der Helden. Seine Seele war wie Fingals Seele,
sein Schwert wie das Schwert Oskars – Aber er fiel,
und sein Vater jammerte, und seiner Schwester Augen
25 waren voll Tränen, Minonas Augen waren voll Tränen, der Schwester des herrlichen Morars. Sie trat
zurück vor Ullins Gesang wie der Mond in Westen, der
den Sturmregen voraussieht und sein schönes Haupt
in eine Wolke verbirgt. – Ich schlug die Harfe mit
30 Ullin zum Gesange des Jammers.

Ryno

Vorbei sind Wind und Regen, der Mittag ist so heiter,
die Wolken teilen sich. Fliehend bescheint den

Hügel die unbeständige Sonne. Rötlich fließt der
Strom des Bergs im Tale hin. Süß ist dein Murmeln,
Strom; doch süßer die Stimme, die ich höre. Es ist
Alpins Stimme, er bejammert den Toten. Sein Haupt
ist vor Alter gebeugt und rot sein tränendes Auge.   5
Alpin, trefflicher Sänger! warum allein auf dem
schweigenden Hügel? Warum jammerst du wie ein
Windstoß im Wald, wie eine Welle am fernen Gestade?

Alpin

Meine Tränen, Ryno, sind für den Toten, meine   10
Stimme für die Bewohner des Grabs. Schlank bist du
auf dem Hügel, schön unter den Söhnen der Heide.
Aber du wirst fallen wie Morar und auf deinem Grabe
der Trauernde sitzen. Die Hügel werden dich vergessen, deine Bogen in der Halle liegen ungespannt.   15

   Du warst schnell, o Morar, wie ein Reh auf dem
Hügel, schrecklich wie die Nachtfeuer am Himmel.
Dein Grimm war ein Sturm, dein Schwert in der
Schlacht wie Wetterleuchten über der Heide. Deine
Stimme glich dem Waldstrome nach dem Regen, dem   20
Donner auf fernen Hügeln. Manche fielen vor deinem
Arm, die Flamme deines Grimmes verzehrte sie. Aber
wenn du wiederkehrtest vom Kriege, wie friedlich war
deine Stirne! Dein Angesicht war gleich der Sonne
nach dem Gewitter, gleich dem Monde in der schwei-   25
genden Nacht, ruhig deine Brust wie der See, wenn
sich des Windes Brausen gelegt hat.

   Eng ist nun deine Wohnung! finster deine Stätte!
Mit drei Schritten mess' ich dein Grab, o du! der du
ehe so groß warst! Vier Steine mit moosigen Häup-   30
tern sind dein einziges Gedächtnis, ein entblätterter
Baum, langes Gras, das im Winde wispelt, deutet dem
Auge des Jägers das Grab des mächtigen Morars.

Keine Mutter hast du, dich zu beweinen, kein Mädchen mit Tränen der Liebe. Tot ist, die dich gebar, gefallen die Tochter von Morglan.

Wer auf seinem Stabe ist das? Wer ist es, dessen Haupt weiß ist vor Alter, dessen Augen rot sind von Tränen? Es ist dein Vater, o Morar! der Vater keines Sohnes außer dir. Er hörte von deinem Ruf in der Schlacht, er hörte von zerstobenen Feinden; er hörte Morars Ruhm! Ach! nichts von seiner Wunde? Weine, Vater Morars! weine! Aber dein Sohn hört dich nicht. Tief ist der Schlaf der Toten, niedrig ihr Kissen von Staube. Nimmer achtet er auf die Stimme, nie erwacht er auf deinen Ruf. Oh, wann wird es Morgen im Grabe, zu bieten dem Schlummerer: Erwache!

Lebe wohl! edelster der Menschen, du Eroberer im Felde! Aber nimmer wird dich das Feld sehen! nimmer der düstere Wald leuchten vom Glanze deines Stahls. Du hinterließest keinen Sohn; aber der Gesang soll deinen Namen erhalten, künftige Zeiten sollen von dir hören, hören von dem gefallenen Morar.

Laut war die Trauer der Helden, am lautesten Armins berstender Seufzer. Ihn erinnerte es an den Tod seines Sohnes, er fiel in den Tagen der Jugend. Carmor saß nah bei dem Helden, der Fürst des hallenden Galmal. Warum schluchzet der Seufzer Armins? sprach er, was ist hier zu weinen? Klingt nicht Lied und Gesang, die Seele zu schmelzen und zu ergetzen? Sie sind wie sanfter Nebel, der steigend vom See aufs Tal sprüht, und die blühenden Blumen füllet das Naß; aber die Sonne kommt wieder in ihrer Kraft und der Nebel ist gegangen. Warum bist du so jammervoll, Armin, Herrscher des seeumflossenen Gorma?

Jammervoll! Wohl das bin ich, und nicht gering die Ursache meines Wehs. – Carmor, du verlorst keinen Sohn, verlorst keine blühende Tochter; Colgar, der Tapfere, lebt, und Annira, die schönste der Mädchen.

Die Zweige deines Hauses blühen, o Carmor; aber Armin ist der Letzte seines Stammes. Finster ist dein Bett, o Daura, dumpf ist dein Schlaf in dem Grabe – Wann erwachst du mit deinen Gesängen, mit deiner melodischen Stimme? Auf! ihr Winde des Herbstes! 5 Auf! stürmt über die finstere Heide! Waldströme, braust! Heult, Stürme, im Gipfel der Eichen! Wandle durch gebrochene Wolken, o Mond, zeige wechselnd dein bleiches Gesicht! Erinnre mich der schrecklichen Nacht, da meine Kinder umkamen, da Arindal, der 10 Mächtige, fiel, Daura, die Liebe, verging.

Daura, meine Tochter, du warst schön! Schön wie der Mond auf den Hügeln von Fura, weiß wie der gefallene Schnee, süß wie die atmende Luft! Arindal, dein Bogen war stark, dein Speer schnell auf dem 15 Felde, dein Blick wie Nebel auf der Welle, dein Schild eine Feuerwolke im Sturme!

Armar, berühmt im Kriege, kam und warb um Dauras Liebe; sie widerstand nicht lange. Schön waren die Hoffnungen ihrer Freunde. 20

Erath, der Sohn Odgals, grollte, denn sein Bruder lag erschlagen von Armar. Er kam, in einen Schiffer verkleidet. Schön war sein Nachen auf der Welle, weiß seine Locken vor Alter, ruhig sein ernstes Gesicht. Schönste der Mädchen, sagte er, liebliche Tochter von 25 Armin, dort am Felsen, nicht fern in dem See, wo die rote Frucht vom Baume herblinkt, dort wartet Armar auf Daura; ich komme, seine Liebe zu führen über die rollende See.

Sie folgt' ihm und rief nach Armar; nichts ant- 30 wortete als die Stimme des Felsens. Armar! mein Lieber! Mein Lieber! warum ängstest du mich so? Höre, Sohn Arnarths, höre! Daura ist's, die dich ruft!

Erath, der Verräter, floh lachend zum Lande. Sie erhob ihre Stimme, rief nach ihrem Vater und Bruder: 35 Arindal! Armin! Ist keiner, seine Daura zu retten?

Ihre Stimme kam über die See. Arindal, mein Sohn, stieg vom Hügel herab, rauh in der Beute der Jagd, seine Pfeile rasselten an seiner Seite, seinen Bogen trug er in der Hand, fünf schwarzgraue Doggen waren
5 um ihn. Er sah den kühnen Erath am Ufer, faßte und band ihn an die Eiche, fest umflocht er seine Hüften, der Gefesselte füllt mit Ächzen die Winde.

Arindal betritt die Wellen in seinem Boote, Daura herüber zu bringen. Armar kam in seinem Grimme,
10 drückt' ab den grau befiederten Pfeil, er klang, er sank in dein Herz, o Arindal, mein Sohn! Statt Eraths, des Verräters, kamst du um, das Boot erreichte den Felsen, er sank dran nieder und starb. Zu deinen Füßen floß deines Bruders Blut, welch war dein Jammer, o Daura!
15 Die Wellen zerschmettern das Boot. Armar stürzt sich in die See, seine Daura zu retten oder zu sterben. Schnell stürmt ein Stoß vom Hügel in die Wellen, er sank und hob sich nicht wieder.

Allein auf dem seebespülten Felsen hörte ich die
20 Klagen meiner Tochter. Viel und laut war ihr Schreien, doch konnte sie ihr Vater nicht retten. Die ganze Nacht stand ich am Ufer, ich sah sie im schwachen Strahle des Mondes, die ganze Nacht hörte ich ihr Schreien, laut war der Wind, und der Regen schlug scharf nach
25 der Seite des Berges. Ihre Stimme ward schwach, ehe der Morgen erschien; sie starb weg wie die Abendluft zwischen dem Grase der Felsen. Beladen mit Jammer starb sie und ließ Armin allein! Dahin ist meine Stärke im Kriege, gefallen mein Stolz unter den Mädchen.
30 Wenn die Stürme des Berges kommen, wenn der Nord die Wellen hochhebt, sitze ich am schallenden Ufer, schaue nach dem schrecklichen Felsen. Oft im sinkenden Monde sehe ich die Geister meiner Kinder, halb dämmernd wandeln sie zusammen in trauriger
35 Eintracht.«

Ein Strom von Tränen, der aus Lottens Augen brach und ihrem gepreßten Herzen Luft machte, hemmte Werthers Gesang. Er warf das Papier hin, faßte ihre Hand und weinte die bittersten Tränen. Lotte ruhte auf der andern und verbarg ihre Augen ins Schnupf- 5 tuch. Die Bewegung beider war fürchterlich. Sie fühl- ten ihr eigenes Elend in dem Schicksale der Edlen, fühlten es zusammen, und ihre Tränen vereinigten sie. Die Lippen und Augen Werthers glühten an Lottens Arme; ein Schauer überfiel sie; sie wollte sich entfernen 10 und Schmerz und Anteil lagen betäubend wie Blei auf ihr. Sie atmete, sich zu erholen, und bat ihn schluch- zend, fortzufahren, bat mit der ganzen Stimme des Himmels! Werther zitterte, sein Herz wollte bersten, er hob das Blatt auf und las halb gebrochen. 15

»Warum weckst du mich, Frühlingsluft? Du buhlst und sprichst: Ich betaue mit Tropfen des Himmels! Aber die Zeit meines Welkens ist nahe, nahe der Sturm, der meine Blätter herabstört! Morgen wird der Wanderer kommen, kommen der mich sah in meiner 20 Schönheit; ringsum wird sein Auge im Felde mich suchen und wird mich nicht finden. –«

Die ganze Gewalt dieser Worte fiel über den Unglücklichen. Er warf sich vor Lotten nieder in der vollen Verzweiflung, faßte ihre Hände, drückte sie in 25 seine Augen, wider seine Stirn, und ihr schien eine Ahnung seines schrecklichen Vorhabens durch die Seele zu fliegen. Ihre Sinne verwirrten sich, sie drückte seine Hände, drückte sie wider ihre Brust, neigte sich mit einer wehmütigen Bewegung zu ihm, und ihre glühen- 30 den Wangen berührten sich. Die Welt verging ihnen. Er schlang seine Arme um sie her, preßte sie an seine Brust und deckte ihre zitternden, stammelnden Lippen mit wütenden Küssen. – Werther! rief sie mit erstick-

ter Stimme, sich abwendend, Werther! – und drückte
mit schwacher Hand seine Brust von der ihrigen; –
Werther! rief sie mit dem gefaßten Tone des edelsten
Gefühles. – Er widerstand nicht, ließ sie aus seinen
Armen und warf sich unsinnig vor sie hin. Sie riß sich
auf, und in ängstlicher Verwirrung, bebend zwischen
Liebe und Zorn, sagte sie: Das ist das letztemal!
Werther! Sie sehn mich nicht wieder. – Und mit dem
vollsten Blick der Liebe auf den Elenden eilte sie ins
Nebenzimmer und schloß hinter sich zu. Werther
streckte ihr die Arme nach, getraute sich nicht, sie zu
halten. Er lag an der Erde, den Kopf auf dem Kanapee,
und in dieser Stellung blieb er über eine halbe Stunde,
bis ihn ein Geräusch zu sich selbst rief. Es war das
Mädchen, das den Tisch decken wollte. Er ging im
Zimmer auf und ab, und da er sich wieder allein sah,
ging er zur Türe des Kabinetts und rief mit leiser
Stimme: Lotte! Lotte! Nur noch ein Wort! ein Lebewohl! – Sie schwieg. Er harrte und bat und harrte;
dann riß er sich weg und rief: Lebe wohl, Lotte! auf
ewig lebe wohl!

Er kam ans Stadttor. Die Wächter, die ihn schon
gewohnt waren, ließen ihn stillschweigend hinaus. Es
stiebte zwischen Regen und Schnee, und erst gegen
Eilfe klopfte er wieder. Sein Diener bemerkte, als Werther nach Hause kam, daß seinem Herrn der Hut fehlte.
Er getraute sich nicht, etwas zu sagen, entkleidete ihn,
alles war naß. Man hat nachher den Hut auf einem Felsen, der an dem Abhange des Hügels ins Tal sieht,
gefunden, und es ist unbegreiflich, wie er ihn in einer
finstern feuchten Nacht, ohne zu stürzen, erstiegen hat.

Er legte sich zu Bette und schlief lange. Der Bediente fand ihn schreibend, als er ihm den andern
Morgen auf sein Rufen den Kaffee brachte. Er schrieb
folgendes am Briefe an Lotten.

»Zum letzten Male denn, zum letzten Male schlage ich diese Augen auf. Sie sollen ach! die Sonne nicht mehr sehen, ein trüber neblichter Tag hält sie bedeckt. So traure denn, Natur! Dein Sohn, dein Freund, dein Geliebter naht sich seinem Ende. Lotte, das ist ein Gefühl ohnegleichen, und doch kommt es dem dämmernden Traum am nächsten, zu sich zu sagen: Das ist der letzte Morgen. Der letzte! Lotte, ich habe keinen Sinn für das Wort der letzte! Stehe ich nicht da in meiner ganzen Kraft, und morgen liege ich ausgestreckt und schlaff am Boden. Sterben! Was heißt das? Siehe, wir träumen, wenn wir vom Tode reden. Ich habe manchen sterben sehen; aber so eingeschränkt ist die Menschheit, daß sie für ihres Daseins Anfang und Ende keinen Sinn hat. Jetzt noch mein, Dein! Dein, o Geliebte! Und einen Augenblick – getrennt, geschieden – vielleicht auf ewig? – Nein, Lotte, nein – Wie kann ich vergehen? Wie kannst Du vergehen? Wir *sind* ja! – Vergehen! – Was heißt das? Das ist wieder ein Wort! Ein leerer Schall! ohne Gefühl für mein Herz. – – Tot, Lotte! eingescharrt der kalten Erde, so eng! so finster! – Ich hatte eine Freundin, die mein Alles war meiner hülflosen Jugend; sie starb, und ich folgte ihrer Leiche und stand an dem Grabe, wie sie den Sarg hinunterließen und die Seile schnurrend unter ihm weg und wieder heraufschnellten, dann die erste Schaufel hinunterschollerte und die ängstliche Lade einen dumpfen Ton wiedergab, und dumpfer und immer dumpfer, und endlich bedeckt war! – Ich stürzte neben das Grab hin – ergriffen, erschüttert, geängstet, zerrissen mein Innerstes; aber ich wußte nicht, wie mir geschah – wie mir geschehen wird – Sterben! Grab! Ich verstehe die Worte nicht!

O vergib mir! vergib mir! Gestern! Es hätte der letzte Augenblick meines Lebens sein sollen. O Du Engel! Zum ersten Male, zum ersten Male ganz ohne

Zweifel durch mein innig Innerstes durchglühte mich das Wonnegefühl: sie liebt mich! sie liebt mich! Es brennt noch auf meinen Lippen das heilige Feuer, das von den Deinigen strömte; neue warme Wonne ist in meinem Herzen. Vergib mir! Vergib mir!

Ach ich wußte, daß Du mich liebtest, wußte es an den ersten seelenvollen Blicken, an dem ersten Hände-druck, und doch, wenn ich wieder weg war, wenn ich Alberten an Deiner Seite sah, verzagte ich wieder in fieberhaften Zweifeln.

Erinnerst Du Dich der Blumen, die Du mir schick-test, als Du in jener fatalen Gesellschaft mir kein Wort sagen, keine Hand reichen konntest? Oh, ich habe die halbe Nacht davor gekniet, und sie versiegelten mir Deine Liebe. Aber ach! diese Eindrücke gingen vor-über, wie das Gefühl der Gnade seines Gottes allmäh-lich wieder aus der Seele des Gläubigen weicht, die ihm mit ganzer Himmelsfülle in heiligen sichtbaren Zeichen gereicht ward.

Alles das ist vergänglich; aber keine Ewigkeit soll das glühende Leben auslöschen, das ich gestern auf Deinen Lippen genoß, das ich in mir fühle! Sie liebt mich! Dieser Arm hat sie umfaßt, diese Lippen haben auf ihren Lippen gezittert, dieser Mund hat an dem ihrigen gestammelt. Sie ist mein! Du bist mein! ja, Lotte, auf ewig.

Und was ist das, daß Albert Dein Mann ist? Mann! Das wäre denn für diese Welt – und für diese Welt Sünde, daß ich Dich liebe, daß ich Dich aus seinen Armen in die meinigen reißen möchte? Sünde? Gut, und ich strafe mich dafür; ich habe sie in ihrer ganzen Himmelswonne geschmeckt, diese Sünde, habe Lebens-balsam und Kraft in mein Herz gesaugt. Du bist von diesem Augenblicke mein! mein, o Lotte! Ich gehe voran! gehe zu meinem Vater, zu Deinem Vater. Dem will ich's klagen, und er wird mich trösten bis Du

kommst, und ich fliege Dir entgegen und fasse Dich
und bleibe bei Dir vor dem Angesichte des Unendlichen in ewigen Umarmungen.

Ich träume nicht, ich wähne nicht! Nahe am Grabe
wird mir es heller. Wir werden sein! wir werden uns   5
wieder sehen! Deine Mutter sehen! Ich werde sie
sehen, werde sie finden, ach und vor ihr mein ganzes
Herz ausschütten! Deine Mutter, Dein Ebenbild.«

Gegen Eilfe fragte Werther seinen Bedienten, ob
wohl Albert zurückgekommen sei? Der Bediente sagte: 10
ja, er habe dessen Pferd dahin führen sehen. Drauf
gibt ihm der Herr ein offenes Zettelchen des Inhalts:
»Wollten Sie mir wohl zu einer vorhabenden Reise
Ihre Pistolen leihen? Leben Sie recht wohl!«

Die liebe Frau hatte die letzte Nacht wenig geschla-   15
fen; was sie gefürchtet hatte, war entschieden, auf
eine Weise entschieden, die sie weder ahnen noch
fürchten konnte. Ihr sonst so rein und leicht fließendes
Blut war in einer fieberhaften Empörung, tausenderlei
Empfindungen zerrütteten das schöne Herz. War es   20
das Feuer von Werthers Umarmungen, das sie in ihrem
Busen fühlte? War es Unwille über seine Verwegen-
heit? War es eine unmutige Vergleichung ihres gegenwärtigen Zustandes mit jenen Tagen ganz unbefan-
gener freier Unschuld und sorglosen Zutrauens an sich   25
selbst? Wie sollte sie ihrem Manne entgegengehen?
Wie ihm eine Szene bekennen, die sie so gut gestehen
durfte und die sie sich doch zu gestehen nicht getraute?
Sie hatten so lange gegeneinander geschwiegen, und
sollte sie die erste sein, die das Stillschweigen bräche   30
und eben zur unrechten Zeit ihrem Gatten eine so
unerwartete Entdeckung machte? Schon fürchtete sie,
die bloße Nachricht von Werthers Besuch werde ihm
einen unangenehmen Eindruck machen, und nun gar
diese unerwartete Katastrophe! Konnte sie wohl hof-   35

fen, daß ihr Mann sie ganz im rechten Lichte sehen, ganz ohne Vorurteil aufnehmen würde? Und konnte sie wünschen, daß er in ihrer Seele lesen möchte? Und doch wieder, konnte sie sich verstellen gegen den Mann, vor dem sie immer wie ein kristallhelles Glas offen und frei gestanden war, und dem sie keine ihrer Empfindungen jemals verheimlicht noch verheimlichen können? Eins und das andre machte ihr Sorgen und setzte sie in Verlegenheit; und immer kehrten ihre Gedanken wieder zu Werthern, der für sie verloren war, den sie nicht lassen konnte, den sie leider! sich selbst überlassen mußte, und dem, wenn er sie verloren hatte, nichts mehr übrig blieb.

Wie schwer lag jetzt, was sie sich in dem Augenblick nicht deutlich machen konnte, die Stockung auf ihr, die sich unter ihnen festgesetzt hatte! So verständige, so gute Menschen fingen wegen gewisser heimlicher Verschiedenheiten untereinander zu schweigen an, jedes dachte seinem Recht und dem Unrechte des andern nach, und die Verhältnisse verwickelten und verhetzten sich dergestalt, daß es unmöglich ward, den Knoten eben in dem kritischen Momente, von dem alles abhing, zu lösen. Hätte eine glückliche Vertraulichkeit sie früher wieder einander nähergebracht, wäre Liebe und Nachsicht wechselweise unter ihnen lebendig worden und hätte ihre Herzen aufgeschlossen, vielleicht wäre unser Freund noch zu retten gewesen.

Noch ein sonderbarer Umstand kam dazu. Werther hatte, wie wir aus seinen Briefen wissen, nie ein Geheimnis daraus gemacht, daß er sich diese Welt zu verlassen sehnte. Albert hatte ihn oft bestritten, auch war zwischen Lotten und ihrem Mann manchmal die Rede davon gewesen. Dieser, wie er einen entschiedenen Widerwillen gegen die Tat empfand, hatte auch gar oft mit einer Art von Empfindlichkeit, die sonst

ganz außer seinem Charakter lag, zu erkennen gegeben, daß er an dem Ernst eines solchen Vorsatzes
sehr zu zweifeln Ursach finde; er hatte sich sogar darüber einigen Scherz erlaubt und seinen Unglauben
Lotten mitgeteilt. Dies beruhigte sie zwar von einer 5
Seite, wenn ihre Gedanken ihr das traurige Bild vor-
führten, von der andern aber fühlte sie sich auch
dadurch gehindert, ihrem Manne die Besorgnisse mitzuteilen, die sie in dem Augenblicke quälten.

Albert kam zurück, und Lotte ging ihm mit einer 10
verlegenen Hastigkeit entgegen, er war nicht heiter,
sein Geschäft war nicht vollbracht, er hatte an dem
benachbarten Amtmanne einen unbiegsamen klein-
sinnigen Menschen gefunden. Der üble Weg auch hatte
ihn verdrießlich gemacht. 15

Er fragte, ob nichts vorgefallen sei, und sie antwortete mit Übereilung: Werther sei gestern abends
dagewesen. Er fragte, ob Briefe gekommen, und er
erhielt zur Antwort, daß ein Brief und Pakete auf seiner
Stube lägen. Er ging hinüber, und Lotte blieb allein. 20
Die Gegenwart des Mannes, den sie liebte und ehrte,
hatte einen neuen Eindruck in ihr Herz gemacht. Das
Andenken seines Edelmuts, seiner Liebe und Güte
hatte ihr Gemüt mehr beruhigt, sie fühlte einen heimlichen Zug, ihm zu folgen, sie nahm ihre Arbeit und 25
ging auf sein Zimmer, wie sie mehr zu tun pflegte. Sie
fand ihn beschäftigt, die Pakete zu erbrechen und zu
lesen. Einige schienen nicht das Angenehmste zu enthalten. Sie tat einige Fragen an ihn, die er kurz beant-
wortete, und sich an den Pult stellte zu schreiben. 30

Sie waren auf diese Weise eine Stunde nebeneinander gewesen, und es ward immer dunkler in Lottens
Gemüt. Sie fühlte, wie schwer es ihr werden würde,
ihrem Mann, auch wenn er bei dem besten Humor
wäre, das zu entdecken, was ihr auf dem Herzen lag: 35
sie verfiel in eine Wehmut, die ihr um desto ängst-

licher ward, als sie solche zu verbergen und ihre Tränen
zu verschlucken suchte.

Die Erscheinung von Werthers Knaben setzte sie in
die größte Verlegenheit; er überreichte Alberten das
Zettelchen, der sich gelassen nach seiner Frau wendete
und sagte: Gib ihm die Pistolen. – Ich lasse ihm glückliche Reise wünschen, sagte er zum Jungen. – Das fiel
auf sie wie ein Donnerschlag, sie schwankte aufzu-
stehen, sie wußte nicht, wie ihr geschah. Langsam ging
sie nach der Wand, zitternd nahm sie das Gewehr
herunter, putzte den Staub ab und zauderte und hätte
noch lange gezögert, wenn nicht Albert durch einen
fragenden Blick sie gedrängt hätte. Sie gab das
unglückliche Werkzeug dem Knaben, ohne ein Wort
vorbringen zu können, und als der zum Hause hinaus
war, machte sie ihre Arbeit zusammen, ging in ihr
Zimmer, in dem Zustande der unaussprechlichsten
Ungewißheit. Ihr Herz weissagte ihr alle Schrecknisse.
Bald war sie im Begriffe, sich zu den Füßen ihres
Mannes zu werfen, ihm alles zu entdecken, die
Geschichte des gestrigen Abends, ihre Schuld und ihre
Ahnungen. Dann sah sie wieder keinen Ausgang des
Unternehmens, am wenigsten konnte sie hoffen, ihren
Mann zu einem Gange nach Werthern zu bereden. Der
Tisch ward gedeckt, und eine gute Freundin, die nur
etwas zu fragen kam, gleich gehen wollte – und blieb,
machte die Unterhaltung bei Tische erträglich; man
zwang sich, man redete, man erzählte, man vergaß
sich.

Der Knabe kam mit den Pistolen zu Werthern, der
sie ihm mit Entzücken abnahm, als er hörte, Lotte
habe sie ihm gegeben. Er ließ sich Brot und Wein
bringen, hieß den Knaben zu Tische gehen und setzte
sich nieder zu schreiben.

»Sie sind durch Deine Hände gegangen, Du hast

142

den Staub davon geputzt, ich küsse sie tausendmal, Du
hast sie berührt: und Du, Geist des Himmels, begün-
stigst meinen Entschluß! und Du, Lotte, reichst mir
das Werkzeug, Du, von deren Händen ich den Tod zu
empfangen wünschte, und ach, nun empfange. Oh, ich   5
habe meinen Jungen ausgefragt. Du zittertest, als Du
sie ihm reichtest, Du sagtest kein Lebewohl! – Wehe!
wehe! kein Lebewohl! – Solltest Du Dein Herz für
mich verschlossen haben, um des Augenblicks willen,
der mich ewig an Dich befestigte? Lotte, kein Jahrtau-   10
send vermag den Eindruck auszulöschen! und ich fühle
es, Du kannst den nicht hassen, der so für Dich glüht.«

Nach Tische hieß er den Knaben alles vollends einpacken, zerriß viele Papiere, ging aus und brachte
noch kleine Schulden in Ordnung. Er kam wieder nach   15
Hause, ging wieder aus vors Tor, ungeachtet des
Regens, in den gräflichen Garten, schweifte weiter in
der Gegend umher und kam mit anbrechender Nacht
zurück und schrieb.

»Wilhelm, ich habe zum letzten Male Feld und   20
Wald und den Himmel gesehen. Lebe wohl auch Du!
Liebe Mutter, verzeiht mir! Tröste sie, Wilhelm! Gott
segne Euch! Meine Sachen sind alle in Ordnung. Lebt
wohl! wir sehen uns wieder und freudiger.«

»Ich habe Dir übel gelohnt, Albert, und Du vergibst   25
mir. Ich habe den Frieden Deines Hauses gestört, ich
habe Mißtrauen zwischen Euch gebracht. Lebe wohl!
Ich will es enden. Oh, daß ihr glücklich wäret durch
meinen Tod! Albert! Albert! Mache den Engel glücklich! Und so wohne Gottes Segen über Dir!«   30

Er kramte den Abend noch viel in seinen Papieren,
zerriß vieles und warf es in den Ofen, versiegelte

143

einige Päcke mit den Adressen an Wilhelm. Sie ent-
hielten kleine Aufsätze, abgerissene Gedanken, deren
ich verschiedene gesehen habe; und nachdem er um
zehn Uhr Feuer hatte nachlegen und sich eine Flasche
5 Wein geben lassen, schickte er den Bedienten, dessen
Kammer wie auch die Schlafzimmer der Hausleute
weit hinten hinaus waren, zu Bette, der sich dann in
seinen Kleidern niederlegte, um frühe bei der Hand zu
sein; denn sein Herr hatte gesagt, die Postpferde
10 würden vor sechse vors Haus kommen.

»Nach Eilfe

Alles ist so still um mich her, und so ruhig meine
Seele. Ich danke dir, Gott, der du diesen letzten
Augenblicken diese Wärme, diese Kraft schenkest.
15 Ich trete an das Fenster, meine Beste! und sehe und
sehe noch durch die stürmenden, vorüberfliehenden
Wolken einzelne Sterne des ewigen Himmels! Nein,
ihr werdet nicht fallen! Der Ewige trägt euch an seinem
Herzen, und mich. Ich sah die Deichselsterne des
20 Wagens, des liebsten unter allen Gestirnen. Wenn ich
nachts von Dir ging, wie ich aus Deinem Tore trat,
stand er gegen mir über. Mit welcher Trunkenheit
habe ich ihn oft angesehen! oft mit aufgehobenen Händen ihn zum Zeichen, zum heiligen Merksteine meiner
25 gegenwärtigen Seligkeit gemacht! und noch – O Lotte,
was erinnert mich nicht an Dich! Umgibst Du mich
nicht! Und habe ich nicht, gleich einem Kinde, unge-
nügsam allerlei Kleinigkeiten zu mir gerissen, die Du
Heilige berührt hattest!
30 Liebes Schattenbild! Ich vermache Dir es zurück,
Lotte, und bitte Dich, es zu ehren. Tausend, tausend
Küsse habe ich drauf gedrückt, tausend Grüße ihm
zugewinkt, wenn ich ausging oder nach Hause kam.
Ich habe Deinen Vater in einem Zettelchen gebeten,

meine Leiche zu schützen. Auf dem Kirchhofe sind
zwei Lindenbäume, hinten in der Ecke nach dem Felde
zu; dort wünsche ich zu ruhen. Er kann, er wird das
für seinen Freund tun. Bitte ihn auch. Ich will from-
men Christen nicht zumuten, ihren Körper neben   5
einen armen Unglücklichen zu legen. Ach, ich wollte,
ihr begrübt mich am Wege oder im einsamen Tale,
daß Priester und Levit vor dem bezeichneten Steine
sich segnend vorübergingen und der Samariter eine
Träne weinte.   10

Hier, Lotte! Ich schaudere nicht, den kalten schrecklichen Kelch zu fassen, aus dem ich den Taumel des
Todes trinken soll! Du reichtest mir ihn und ich zage
nicht. All! all! So sind alle die Wünsche und Hoffnungen meines Lebens erfüllt! So kalt, so starr an der   15
ehernen Pforte des Todes anzuklopfen.

Daß ich des Glückes hätte teilhaftig werden können,
für Dich zu sterben! Lotte, für Dich mich hinzugeben!
Ich wollte mutig, ich wollte freudig sterben, wenn
ich Dir die Ruhe, die Wonne Deines Lebens wieder   20
schaffen könnte. Aber ach! das ward nur wenigen
Edeln gegeben, ihr Blut für die Ihrigen zu vergießen
und durch ihren Tod ein neues hundertfältiges Leben
ihren Freunden anzufachen.

In diesen Kleidern, Lotte, will ich begraben sein, Du   25
hast sie berührt, geheiligt; ich habe auch Deinen Vater
darum gebeten. Meine Seele schwebt über dem Sarge.
Man soll meine Taschen nicht aussuchen. Diese blaß-
rote Schleife, die Du am Busen hattest, als ich Dich
zum ersten Male unter Deinen Kindern fand – Oh,   30
küsse sie tausendmal und erzähle ihnen das Schicksal
ihres unglücklichen Freundes. Die Lieben! Sie wimmeln um mich. Ach wie ich mich an Dich schloß! seit
dem ersten Augenblicke Dich nicht lassen konnte! –
Diese Schleife soll mit mir begraben werden. An mei-   35
nem Geburtstage schenktest Du mir sie! Wie ich das

145

alles verschlang! – Ach ich dachte nicht, daß mich der Weg hierher führen sollte! – – Sei ruhig! Ich bitte Dich, sei ruhig! –

Sie sind geladen – Es schlägt zwölfe! So sei es denn! – Lotte! Lotte, lebe wohl! lebe wohl!«

Ein Nachbar sah den Blick vom Pulver und hörte den Schuß fallen; da aber alles stille blieb, achtete er nicht weiter drauf.

Morgens um sechse tritt der Bediente herein mit dem Lichte. Er findet seinen Herrn an der Erde, die Pistole und Blut. Er ruft, er faßt ihn an; keine Antwort, er röchelte nur noch. Er läuft nach den Ärzten, nach Alberten. Lotte hört die Schelle ziehen, ein Zittern ergreift alle ihre Glieder. Sie weckt ihren Mann, sie stehen auf, der Bediente bringt heulend und stotternd die Nachricht, Lotte sinkt ohnmächtig vor Alberten nieder.

Als der Medikus zu dem Unglücklichen kam, fand er ihn an der Erde ohne Rettung, der Puls schlug, die Glieder waren alle gelähmt. Über dem rechten Auge hatte er sich durch den Kopf geschossen, das Gehirn war herausgetrieben. Man ließ ihm zum Überfluß eine Ader am Arme, das Blut lief, er holte noch immer Atem.

Aus dem Blut auf der Lehne des Sessels konnte man schließen, er habe sitzend vor dem Schreibtische die Tat vollbracht, dann ist er herunter gesunken, hat sich konvulsivisch um den Stuhl herumgewälzt. Er lag gegen das Fenster entkräftet auf dem Rücken, war in völliger Kleidung, gestiefelt, im blauen Frack mit gelber Weste.

Das Haus, die Nachbarschaft, die Stadt kam in Aufruhr. Albert trat herein. Werthern hatte man auf das Bette gelegt, die Stirn verbunden, sein Gesicht schon wie eines Toten, er rührte kein Glied. Die

Lunge röchelte noch fürchterlich, bald schwach, bald stärker; man erwartete sein Ende.

Von dem Weine hatte er nur ein Glas getrunken. Emilia Galotti lag auf dem Pulte aufgeschlagen.

Von Alberts Bestürzung, von Lottens Jammer laßt mich nichts sagen.

Der alte Amtmann kam auf die Nachricht hereingesprengt, er küßte den Sterbenden unter den heißesten Tränen. Seine ältesten Söhne kamen bald nach ihm zu Fuße, sie fielen neben dem Bette nieder im Ausdruck des unbändigsten Schmerzes, küßten ihm die Hände und den Mund, und der ältste, den er immer am meisten geliebt, hing an seinen Lippen, bis er verschieden war und man den Knaben mit Gewalt wegriß. Um zwölfe mittags starb er. Die Gegenwart des Amtmannes und seine Anstalten tuschten einen Auflauf. Nachts gegen Eilfe ließ er ihn an der Stätte begraben, die er sich erwählt hatte. Der Alte folgte der Leiche und die Söhne, Albert vermocht's nicht. Man fürchtete für Lottens Leben. Handwerker trugen ihn. Kein Geistlicher hat ihn begleitet.

DIE LEIDEN DES JUNGEN WERTHERS

Goethes »Werther« ist der erste moderne Roman, und weil er das ist, greift er uns ans Herz, als wäre er heute erlebt, heute geschrieben. Ja, gerade das ist sein Geheimnis, daß er die Menschen unserer Gegenwart, die doch keine Naturen wie Lotte und Werther sind, so empfinden läßt, wie im Roman empfunden wird. Denn wie mit Urgewalt wird hier das Menschliche zum Leben geweckt und aufgerufen. Und dessen Krone ist die Liebe.

Das »Herz«, das ist das Wort, das immer wieder in den Briefen Werthers auftaucht, das als Thema den ganzen Roman beherrscht. Nicht von Heldentaten und Abenteuern wie in den Romanen vorher ist hier die Rede, nicht von Problemen, nicht von Nöten und Gefahren und buntem Vielerlei des Lebens wie im Roman unserer Tage, sondern nur von der Liebe, ja genauer gesagt: von einer Liebe.

Und diese Liebe führt zum Tod, weil sie unbedingt ist. Wie dies geschieht, schildert der Roman. Er schildert es in Briefen, und diese Briefe haben nur einen Verfasser. Wir hören kein Echo, keinen Einwand, keinen Trost oder Zuspruch; immer spricht nur dies eine Herz, bis es aufhört zu schlagen. Erst dann nimmt der Herausgeber das Wort und berichtet das Ende.

Die Liebe Werthers ist unbedingt, das heißt, sie kennt kein Gesetz außer sich selbst. Werther lebt in keiner Gemeinschaft, die ihn trägt und hält und der er verpflichtet ist. Er steht allein; und eben darum ist die Form des Buches ein Monolog. Weder eine Freundschaft noch Familie und Vaterland, noch Kirche binden den Liebenden. Er kennt nur eine Gemeinschaft, das ist die, die er sucht, die Verbindung mit der Geliebten. Und weil diese ihm versagt bleibt, geht er aus der Welt.

Die Unbedingtheit der Liebe, die keinen anderen Sinn des Lebens und Wert des Daseins kennt als sich selbst, als ihre Erfüllung, trägt die Gefährdung des Tragischen in sich. Mancher Dichter hat schon vor Goethe von ihr gesungen. Aber daß dieses Buch in einem Nu der gelesenste Roman der Zeit wurde, beweist doch, daß es einer bestimmten Sternenstunde in der Geschichte der Menschheit entsprach. Es war die Epoche, in der die Menschen lernten, sich als Persönlichkeiten, als Einzelne zu empfinden. Der Künstler löste sich aus den Zünften, der Bürger löste sich aus dem rechtlosen Gehorsam gegenüber einem absoluten Monarchen, der Christ löste sich vom Glaubensanspruch einer in Dogmen erstarrten Kirche. Und das so befreite Individuum erlebte seine Erfüllung im Gefühl. Andere Zeiten sollten später mehr einer anderen Lebenshaltung ergeben sein, etwa dem sittlich verantwortlichen Dienst oder persönlichen Machtwünschen oder der Lust zu genießen oder dem Verstand und dem forschenden Denken. Hier aber um 1770, in der Geburtsstunde der persönlichen Freiheit, war die Dominante der Zeit das Gefühl.

Und deshalb war es eine Zeit der Dichter. Goethe hat für sie alle gesprochen. Was er schildert, hatte er erlebt, nicht in allem, vor allem nicht bis zum tragischen Ausgang, aber doch bis hart an die Pforte des Todes. Noch 1814, im Dreizehnten Buch von »Dichtung und Wahrheit« schreibt er von dieser Zeit: »Unter einer ansehnlichen Waffensammlung besaß ich auch einen kostbaren wohlgeschliffenen Dolch. Diesen legte ich mir jederzeit neben das Bette, und ehe ich das Licht auslöschte, versuchte ich, ob es mir wohl gelingen möchte, die scharfe Spitze ein paar Zoll tief in die Brust zu senken.« Und zehn Jahre später sagte er zu Eckermann über den Roman: »Es waren individuelle, naheliegende Verhältnisse, die mir auf die Nägel brannten und mir zu schaffen machten und die mich in jenen Gemütszustand brachten, aus dem der Werther hervorging. Ich hatte gelebt, geliebt und sehr viel gelitten! Das war es.«

Am 14. August 1771 war Goethe, nachdem er in Leipzig und Straßburg Jurisprudenz studiert hatte, in das Vaterhaus am Großen Hirschgraben zu Frankfurt zurückgekehrt. Am 28. d. M., seinem Geburtstag, richtete er an den Rat auf dem Römer das Gesuch um Zulassung als Anwalt. Vom 3. Februar des nächsten Jahres datiert haben wir die frühste Eingabe in seinem ersten Prozeß. Nun sollte er noch auf einige Monate zur weiteren juristischen Ausbildung an das höchste Gericht des damaligen Römischen Reiches Deutscher Nation gehen, an das Reichskammergericht in Wetzlar. Auch der Vater, der Kaiserliche Rat Johann Caspar Goethe, hatte sich einst dort ausgebildet.

Anfang Mai traf Goethe in der kleinen Reichsstadt an der Lahn ein. Etwa vier Wochen darauf lernte er Lotte Buff kennen, auf dem Ball in Volpertshausen, der am 9. Juni 1772 stattfand und in dem Brief vom 16. Juni 1771 den Höhepunkt des Romans in seinem Ersten Teil bildet. Goethe war damals zweiundzwanzig, Lotte neunzehn Jahre alt, aber schon seit vier Jahren verlobt. Ihr Bräutigam, elf Jahre älter als sie, war der Gesandtschaftssekretär Johann Christian Kestner.

Goethes Liebe zu Lotte Buff ist der Hintergrund des Romans. Sie füllte die Sommermonate des Jahres 1772. Viele Züge im Ersten Teil des Romans sind erlebt, aber vom Dichter so in das Kunstwerk eingeschmolzen, daß sie, um einen Lieblingsausdruck des alten Goethe zu gebrauchen, im Aufbau des Ganzen »bedeutend« wurden. Auch das Abschiedsgespräch mit Lotte und Kestner vom 10. September hat stattgefunden, und zwar auch unter diesem Datum und fast genau so, wie es der Roman berichtet, ein Gespräch über Tod und Wiedersehen im Jenseits. Aber indem dieses Gespräch nun an das Ende des Ersten Teiles gerückt wird, weist es hin auf den Schluß des Zweiten Teiles, der den wirklichen Tod bringt, den Werther vollzieht in der Hoffnung, Lotte in jener anderen Welt wieder zu begegnen.

Am 11. September 1772 in der Frühe, ohne Abschied,

verließ Goethe Wetzlar, wandert die Lahn hinab nach Ehrenbreitstein, besucht dort die Familie Laroche und lernt deren sechzehnjährige Tochter Maximiliane kennen. Er arbeitet in Frankfurt als Anwalt und versucht seiner Liebe zu Lotte in Entsagung Herr zu werden. Da erhielt er sieben Wochen später die Nachricht, daß der Legationssekretär Jerusalem in Wetzlar, den er von seiner Leipziger Studienzeit her kannte und der auch mit auf dem Ball in Volpertshausen war, freiwillig aus dem Leben geschieden sei. Grund zur Tat sei die Liebe zur Frau eines anderen gewesen. Er bittet Kestner um einen genauen Bericht über das Ereignis, den er im November erhält.

Am 4. April 1773 heiraten Kestner und Lotte. Goethe hatte ihnen in Frankfurt die Trauringe besorgt, erfuhr aber von der Eheschließung erst, nachdem diese vollzogen. Das junge Paar zog nach Hannover.

Drei Monate darauf, im Juli 1773, ist Frau Laroche mit ihrer Tochter acht Tage Gast in Goethes Elternhaus. »Es ist ein Ergötzen mit solchen Geschöpfen zu leben.« Und wieder ein halbes Jahr später, am 9. Januar 1774, heiratet Maximiliane den Frankfurter Kaufmann Peter Anton Brentano, der zwanzig Jahre älter ist als sie. Beide sollten die Eltern von Bettina und Clemens Brentano und ihr Haus eine Wiege der deutschen Romantik werden. Der junge Goethe aber war Maximiliane zugetan und erfuhr nun in der hoffnungslosen Neigung zu einer verheirateten Frau und der Eifersucht des Ehemannes, was zwei Jahre vorher Jerusalem in Wetzlar in den Tod getrieben hatte. Dieses sind die äußeren Grundlagen des Romans, dessen Niederschrift schon am 1. Februar begann und der Anfang Mai vollendet war.

Obwohl der Roman also nur drei Monate zu seiner Vollendung brauchte, ist er doch ein sehr bewußt und überlegt gebautes Kunstwerk. Das zeigt sich gerade darin, daß er das Gegenteil davon zu sein scheint. Vergleicht man die Briefe, die Goethe im Jahre 1772 wirklich schrieb, mit

151

denen des Romans, so sieht man, wie überlegt in der Dichtung alles aufeinander bezogen ist, sich vorbereitet und rückverweist, wie die Handlung gelassen beginnt, dann das Tempo von Monat zu Monat in immer schnelleren Pulsen dahinjagt und sich zuletzt nach dem Ritardando der Ossianeinlage jäh und schmerzlich überstürzt.

In erster Linie aber ist es die Sprache, auf der die Wirkung des »Werthers« beruhte und noch heute beruht. Scheinbar ist alles Rede des Alltags, wie es alltägliche Begebenheiten sind, von denen berichtet wird. Das häusliche Leben im Familienkreise Lottens, im Umgang mit Kindern, Spaziergänge. Der Ball als großes Fest des Frühlings mit dem Gewitter, das im Sinne einer Klopstockschen Ode empfunden wird, das ist fast das einzige Ereignis, das sich aus dem Kreise bescheidener Erlebnisse heraushebt. Und doch ist alles gesteigerte, ja zuweilen fiebernde Sprache. Fragen, Ausrufe, erregte Umstellungen im Satzbau, ja nicht selten abgebrochene Sätze. Dazu eine große Bildhaftigkeit der Erzählung. Immer sind wir in einer besonderen Situation. Meist ist sie der Natur entnommen, wie überhaupt die Ländlichkeit des Lahntales, der Fluß selbst, ein Park, ein Dorf, blühende oder absterbende, ja gefällte Bäume immer der Spiegel des seelischen Erlebens sind. Eingestreut sind tragische Vorfälle, die auf das Ende vordeuten, im Brief vom 12. August 1771 die Geschichte von dem ertrunkenen Mädchen, eine Erinnerung an eine Spielgefährtin aus des Dichters Frankfurter Jugend, oder die Geschichte von dem Bauernburschen, dem die Liebe den Verstand raubt, im Brief vom 30. Mai 1771 und 4. September 1772. Die Episode bei dem Gesandten, die den Zweiten Teil einleitet, vom 20. Oktober 1771 bis 5. Mai 1772, dient nur dazu, den Abgrund zu zeigen, der zwischen der Welt der höfisch-bürgerlichen Geschäfte und der ganz auf sich selbst bezogenen Innerlichkeit Werthers besteht. Auch die Heimat, auch die Gastlichkeit des Fürsten, der ihm wohl will – 9. Mai bis 18. Juni 1772 –, kann ihn nicht halten. Im Juli ist Werther wieder bei Lotte, aber inzwischen ist sie verheiratet. Er steht im Grunde vor verschlossener Tür. Die düsteren Stimmungen aus Ossian, schottischen Modedichtungen der Zeit, die sich als Totenklagen aus der vorchristlichen Heldenzeit Irlands geben, sind Vordeutung und Vorklang des Endes. Werther erschießt sich am 24. Dezember, einer der längsten Nächte des Jahres. »Handwerker trugen ihn. Kein Geistlicher hat ihn begleitet.«

Der Selbstmord war nicht nur der Kirche ein unerhörter Frevel. Ein guter Teil des Aufsehens, das der Roman machte, rührt von der Tatsache her, daß hier für diese Tat der Verzweiflung Verständnis gefordert wurde, ja mehr als das: »Ihr könnt«, heißt es in dem Vorwort an den Leser, »seinem Geist und seinem Charakter eure Bewunderung und Liebe und seinem Schicksale eure Tränen nicht versagen.« Liebe und gar Bewunderung – und dies vermutlich deswegen, weil Werther selbst seine Tat als Opfer ansieht, das er der Ehe Lottens und Albertens bringt. »Das ward nur wenigen Edeln gegeben, ihr Blut für die Ihrigen zu vergießen und durch ihren Tod ein neues hundertfältiges Leben ihren Freunden anzufachen.« Es sind nicht diese Worte im Abschiedsbrief an Lotte allein, die leise auf die Passion Christi hindeuten. »Ich schaudre nicht, den kalten, schrecklichen Kelch zu fassen. Du reichtest mir ihn und ich zage nicht.« Es gibt eine ganze Reihe von biblischen Anklängen in der Sprache des Romans. »Es ist nicht Verzweiflung, es ist Gewißheit, daß ich ausgetragen habe, und daß ich mich opfere für Dich« (20. Dezember). Oder: »Ich gehe voran! gehe zu meinem Vater, zu Deinem Vater. Dem will ich's klagen, und er wird mich trösten bis du kommst.« Werther sieht wohl die Aussichtslosigkeit seiner Liebe, aber er verliert nicht den Glauben an die Liebe Gottes: »Der Ewige trägt euch an seinem Herzen und mich«, auch diese Worte stehen im letzten Briefe. – Es war eine neue Religiosität, die im »Werther« nach Ausdruck rang. Und auch insofern war der Roman ein Dokument seiner Zeit.

Goethe hat seinen Roman, nachdem er ihn sich von der Seele geschrieben, gemieden. Wir hören auch nicht, daß er aus ihm vorgelesen, wie aus seinen anderen Werken. – »Es sind lauter Brandraketen«, sagte er noch im Alter zu Eckermann.

Ernst Beutler

Johann Wolfgang Goethe

IN RECLAMS UNIVERSAL-BIBLIOTHEK

Texte

Campagne in Frankreich. Belagerung von Mainz. Mit Anmerkungen von Ilse-Marie Barth. 5808 [3]

Clavigo. Trauerspiel. Mit einem Nachwort. 96

Egmont. Trauerspiel. Mit einem Nachwort. 75

Faust. Der Tragödie erster Teil. Hrsg. von Lothar J. Scheithauer. 1

Faust. Der Tragödie zweiter Teil. Hrsg. von Lothar J. Scheithauer. 2 [2]

Gedichte. Mit einer Einl. hrsg. von Stefan Zweig. 6782 [3]

Die Geschwister. Schauspiel. **Die Laune des Verliebten.** Schäferspiel. Mit einem Nachwort. 108

Götz von Berlichingen. Schauspiel. 71

Hermann und Dorothea. Epos. 55

Iphigenie auf Tauris. Schauspiel. 83

Die Leiden des jungen Werthers. Nachwort von Ernst Beutler. 67 [2]

Die Mitschuldigen. Lustspiel. 100

Die natürliche Tochter. Trauerspiel. Nachwort von Theo Stammen. 114

Novelle. Das Märchen. Nachwort von Ernst von Reusner. 7621

Reinecke Fuchs. Epos. 61 [2]

Satiren, Farcen und Hanswurstiaden. Hrsg. von Martin Stern. 8565 [3]

Schriften zur Naturwissenschaft. Auswahl. Hrsg. von Michael Böhler. 9866 [4]

Singspiele. Hrsg. von Hans-Albrecht Koch. 9725 [4]

Stella. Trauerspiel. Im Anhang: Schluß der ersten Fassung. 104

Torquato Tasso. Schauspiel. 88

Urfaust. Hrsg. und eingel. von Robert Petsch. 5273

Von deutscher Art und Kunst. Einige fliegende Blätter. Von J. G. Herder, J. W. Goethe und J. Möser. Hrsg. von Hans Dietrich Irmscher. 7497 [2]

Die Wahlverwandtschaften. Roman. Nachwort von Ernst Beutler. 7835 [3]

Wilhelm Meisters Lehrjahre. Roman. Hrsg. von Erhard Bahr. 7826 [6]

Wilhelm Meisters Wanderjahre. Roman. Hrsg. von Erhard Bahr. 7827 [6]

Kommentare, Erläuterungen und
Dokumente, Biographie

Goethes Dramen. Neue Interpretationen. 16 Beiträge. Hrsg. von Walther Hinderer. 367 Seiten. Pbck.

Kommentar zu Goethes Faust. Mit einem Faust-Wörterbuch und einer Faust-Bibliographie, von Theodor Friedrich und Lothar J. Scheithauer. 7177 [5]

Erläuterungen und Dokumente zu **Egmont.** Hrsg. von Hans Wagener. 8126 [2]

Erläuterungen und Dokumente zu **Götz von Berlichingen.** Hrsg. von Volker Neuhaus. 8122 [2]

Erläuterungen und Dokumente zu **Hermann und Dorothea.** Hrsg. von Josef Schmidt. 8107 [2]

Erläuterungen und Dokumente zu **Iphigenie auf Tauris.** Hrsg. von Joachim Angst und Fritz Hackert. 8101

Erläuterungen und Dokumente zu **Die Leiden des jungen Werthers.** Hrsg. von Kurt Rothmann. 8113 [2]

Erläuterungen und Dokumente zu **Torquato Tasso.** Hrsg. von Christian Grawe. 8154 [2]

Erläuterungen und Dokumente zu **Die Wahlverwandtschaften.** Hrsg. von Ursula Ritzenhoff. 8156 [3]

Edwin Redslob: **Goethes Leben.** 7855

Philipp Reclam jun. Stuttgart